从心所欲不逾矩

许渊冲

2021年4月（100岁）

许渊冲汉译经典全集

莎士比亚

King Lear

李尔王

许渊冲 译

商务印书馆
The Commercial Press

图书在版编目（CIP）数据

李尔王 /（英）威廉·莎士比亚著；许渊冲译. — 北京：商务印书馆，2021（2021.7 重印）
（许渊冲汉译经典全集）
ISBN 978-7-100-19412-9

Ⅰ. ①李…　Ⅱ. ①威…②许…　Ⅲ. ①悲剧—剧本—英国—中世纪　Ⅳ. ① I561.33

中国版本图书馆 CIP 数据核字（2021）第 022307 号

权利保留，侵权必究。

许渊冲汉译经典全集
李尔王
〔英〕威廉·莎士比亚　著
许渊冲　译

商　务　印　书　馆　出　版
（北京王府井大街36号　邮政编码100710）
商　务　印　书　馆　发　行
南京爱德印刷有限公司印刷
ISBN 978 - 7 - 100 - 19412 - 9

2021 年 3 月第 1 版　　　　开本 765×965　1/32
2021 年 7 月第 2 次印刷　　　印张 5 7/8

定价：83.00 元

目 录

第一幕 …………………………………… 1

第二幕 …………………………………… 47

第三幕 …………………………………… 78

第四幕 …………………………………… 111

第五幕 …………………………………… 146

译后记 ………………………………… 170

剧中人物

李尔　　　　不列颠国王

高内丽　　　李尔长女

丽甘　　　　李尔次女

柯黛丽　　　李尔幼女

奥巴尼公爵　高内丽之夫

康华尔公爵　丽甘之夫

法兰西国王　柯黛丽求婚者，后为其夫

布根第公爵　柯黛丽求婚者

肯特伯爵　　后化装为卡尤斯

葛罗特伯爵

艾德卡　　　葛罗特之子

艾德芒　　　葛罗特之私生子

老人　　　　葛罗特的佃户

丘仑　　　　侍臣

李尔的说笑人

奥瓦德　　　高内丽的总管

李尔的侍从骑士

柯黛丽的侍从

康华尔的侍仆

传令官

军官

李尔的其他侍从、骑士、使者、士兵、侍仆、喇叭手等。

第 一 幕

第一场

李尔王宫廷

(肯特、葛罗特及艾德芒上。)

肯　特　我本来以为国王对大女婿奥巴尼公爵比对二女婿康华尔公爵更好。

葛罗特　过去大家都这么说,但从这次分封国土看来,却不能说哪位公爵占了便宜,哪位吃了亏。封赠考虑得这样全面周到,即使精打细算,恐怕也难说有偏心照顾。

肯　特　大人,这一位不是你的公子吗?

葛罗特　把他养大,老兄,还是不容易的。我以前老是不好意思承认,现在已经习惯,也就无所谓了。

肯　　特　我听得不大明白。

葛罗特　老兄，这小伙子的妈妈可是心知肚明的。她的床上还没有丈夫，肚子就大起来了，摇篮里就有了孩子，你闻到气息了吗？

肯　　特　过去的事做了就算了，你看，这结果不是喜出望外的吗？

葛罗特　我还有一个合法的儿子，老兄，比这个野小子大一岁，但却不如野小子亲热，这野小子不等我要他出世，就自己跑出了他母亲的肚子。他的母亲可真迷得人神魂颠倒，我们逢场作戏，就生下了这个孽种，但我又不得不承认这个婊子养的野孩子。——你认得这位爵爷吗，艾德芒？

艾德芒　不认得，爸爸。

葛罗特　这是肯特爵爷。以后要记住：他是我最要好的朋友。

艾德芒　我会听从爵爷吩咐的。

肯　　特　我喜欢你，越熟悉就越喜欢了。

艾德芒　爵爷，我要学习怎样才不辜负您的盛情。

葛罗特　这野小子在国外野了九年，还要出去野他的。——王上来了。

（喇叭声中，侍从捧王冠先上。李尔王、高内丽、奥巴尼、康华尔、丽甘、柯黛丽及侍从上。）

李　尔　葛罗特，你去招待法兰西国王和布根第公爵。
葛罗特　遵命。（下。）
李　尔　现在，我要和你们说说心里话。拿地图来。

（肯特或侍从呈上地图。）

你们要知道：我已经把国土一分为三，因为人老了，我决意要摆脱繁忙的事务，把担子交给年富力强的下一代，自己轻轻松松地安度晚年。我亲爱的女婿康华尔，还有惹人爱并不落后的女婿奥巴尼，我现在要告诉你们的心头大事，就是怎样把我的国土分封给我的三个女儿作为嫁妆，以免将来发生纠纷。法兰西和布根第的君王正在争取我三女儿的欢心，他们在宫廷的时间不短，也该有个答复了。我三个亲爱的公主，在我就要把治理国家的重任、维护国土的安全、照顾人民的生活这些大事都交给你们的时候，告诉我你们会怎样不辜负老父的恩情。高内丽，你年长，先说吧。

高内丽　没有什么言语说得出我对父亲的感情，也没有哪双眼睛看到过这样充溢时间和空间、出自内心、不受限制的热爱，没有什么财富可以衡量得出感情的轻重。生命有多少分量，感情也有多少，至于健康、美貌、道德、荣誉，那不过是生命的一部分，就更不在话下了。我对父亲的感情使吐露得出的语言都苍白无力了，怎么能够说得出来呢？

柯黛丽　（旁白）柯黛丽该怎么说呢？真感情不是说出来的。

李　尔　（指着地图。）从这条界线到那条，这两条界线以内的葱茏茂密的森林、富饶肥沃的原野、长流不断的河水、辽阔无边的草原，都要称你为女主人，永远属于你和奥巴尼的子孙后代了。——我最亲爱的二女儿丽甘，康华尔的夫人，你怎么说呢？

丽　甘　我和姐姐一样是你的骨肉，我把自己看成和她一样，是你的无价之宝。在我的内心深处，我发现她挖出了我藏而不露的感情。不过，我觉得她的感情还不够深，因为我不看重任何能给我享受却不能使您欢欣鼓舞的乐趣。

柯黛丽　（旁白）可怜的柯黛丽恐怕要穷得没有容身之地了。不过我沉重的感情恐怕会压得舌头也动不了的。

李　尔　（对丽甘）这三分之一的国土就是你和你的子孙后代的了，无论是面积大小，生产多少，可以供你游乐之处，比起高内丽那一份来，都是毫无逊色的。——

（对柯黛丽）现在，我宠爱的宝贝，虽然你是最后一个女儿，可是我给你的，并不是最少的一份，法兰西的葡萄园和布根第的牛奶场正在竞争要得到你的青春爱情，告诉我你能说什么，来赢得这第三份比你两个姐姐分到的还更丰富的产业呢？说吧。

柯黛丽　我没有什么可说的，爸爸。

李　尔　没有什么可说？

柯黛丽　没有。

李　尔　什么也不说，就什么也得不到。你再说一遍吧。

柯黛丽　可惜我的嘴掏不出我的心：我爱我的父王，那是我的本分，一分不多，一分不少。

李　尔　怎么，怎么，柯黛丽？弥补你自己说的话，否则，你就要吃大亏了。

柯黛丽　我的好父王，你生了我，养了我，爱着我，我都要一一回报，听你的话，敬你爱你，尽我的本分。我姐姐都说全心全意爱你，那她们为什么要结婚呢？等我结婚之后，我的丈夫就要带走我的一半感情，我要花一半心力去照顾他，去尽妻子的责任，怎能像姐姐一样全心全意爱您呢？

李　尔　你人一走，心也走了吗？

柯黛丽　是的，我的好父王。

李　尔　你这样年纪轻轻，就这样忍心？

柯黛丽　我是年轻，父王，但这是真心。

李　尔　那就让你的真心做你的嫁妆吧。我要在神圣的太阳光下宣布，无论黑夜多么神秘，地狱多么黑暗，主宰我们的星球和春夏秋冬如何运行,我都要宣布和你断绝父女关系,割断一切血缘亲缘,剥夺一切财产权利。从今以后,你对我的心身都是一个陌生人,永远离开我吧!我宁可亲近吃人的生番和世世代代自相残杀的野蛮人,也不要你这样一个曾经是我女儿的人和我亲近、对我同情、给我安慰。

肯　特　主公息怒——

李　尔　不要说了,肯特。不要插身到震怒的龙颜面前来。我最宠爱的女儿是她,本来打算在她的亲切照顾之下安度我的余年。——(对柯黛丽)去吧,不要让我再看到你。——让坟墓做我的安息之地吧。我要收回一个父亲对她的慈爱了。怎么还不动身?去叫法兰西国王和布根第公爵来!(侍从下。)——康华尔和奥巴尼,你们分得了我两个女儿的嫁妆,把这第三份也拿去消受吧。谁让她把傲慢当作坦白,那就让她嫁给坦白去吧。我把我的王权,还有随之而来的一切荣华富贵都交给你们去分享了。我只留下一百名骑士,每个月由你们轮流供养，我保留的只是国王的名义和荣誉，至于政权、财权，大小事务，都交给二位亲爱的女婿了。为了证明我的诺言，你们两个就共同领受这顶王家冠冕吧。

肯　特　皇恩浩荡的李尔王，你一直享受王家的尊荣，得到子民的热爱、臣下的追随，是我千言万语、诚心祷告中的伟大主公。

李　尔　我要弯弓射箭了，你不要做挡箭牌！

肯　特　让你的箭落到我头上，射进我的心窝吧。既然李尔疯得不像主子，就莫怪肯特不客气了。老糊涂，你居然对吹牛拍马的人低声下气，忠于职守的人能够装聋作哑、不闻不问吗？君主糊里糊涂，臣子难道应该为了面子而不敢打开窗子说亮话吗？不要随便施舍你的国土，千万要慎重考虑，不要犯下后悔莫及的错误。我敢用生命来担保我的看法不错：你的小女儿绝不是对你感情最不丰富的人。而那些空口说白话的人说得好听，其实空空洞洞，一点也不会落实的啊。

李　尔　肯特，你若要保命，就不要说了。

肯　特　我的生命早为你的安全送到敌人手里当抵押了。我还用得着怕什么，只要你的安全不出问题就行了。

李　尔　不要让我看到你！

肯　特　我可要让你看清楚，我要做你的眼珠。

李　尔　我用太阳神的名义——

肯　特　王上，我也用太阳神的名义告诉你，用谁的名义发誓也没有用。

李　尔　（手按宝剑。）啊，你好大胆！

奥巴尼与康华尔　父王息怒。

肯　特　杀掉你的医生，犒赏让你送命的疾病吧；只要我的喉咙还能发出声音，我就要说你做错了。

李　尔　听我说：你这一身反骨！既然你还说忠于我，那就听我说吧！你怎么胆敢要我说话不算数，我自己还从来不肯食言呢。你居然放肆到这种地步，要干涉我的权力。要我改变命令，这是一个身居王位的人能容忍的吗？我要执行王权，就要论功行赏，按罪处罚，我给你五天时间收拾行装，离开我的国土；

但是第六天一到,你就不要让我再在我的国土上看见你讨厌的身影,否则,那就是你自取灭亡。滚吧,天神在上,我说话是算数的。

肯　特　别了,王上,既然你要这样,
我没有了自由,只好流浪。
(对柯黛丽)天神保佑你,好姑娘,
你说话老实,做事正当。
(对高内丽和丽甘)你们说到就要做到,
结果好才是真正好。
肯特就向各位告辞,
到新地方去过日子。

(喇叭声中葛罗特陪法兰西国王和布根第公爵上。)

葛罗特　尊贵的主公,法兰西国王和布根第公爵来了。

李　尔　布根第公爵,你和这位国王同向我的小女求婚,现在我要先问问你:你至少需要她有多少嫁妆才愿意娶她?嫁妆少了,你就宁愿放弃?

布根第　高贵的王上,我希望得到的,并不多于您所提供的，当然，我想您也不会少给。

李　　尔　高贵的布根第公爵，当她是我的掌上明珠时，我答应了提供丰富的嫁妆。但是现在她的身价不那么高了。公爵，她现在就在那里，这个可怜的小东西失去了我的欢心，已经不再有什么嫁妆，只剩下她孤身一人。如果你还愿意要她，她就是你的人了。

布根第　我真不知道如何回答好。

李　　尔　你愿意要她这个孤苦伶仃、无依无靠的女子吗？而且她新惹上了她父亲的厌恶，失掉了她的嫁妆，得到的只是处罚，你还会要她吗？如果你要，她人就在那儿，就是你的人了。

布根第　对不起，王上，在这种条件下，我很难做出选择。

李　　尔　那就放弃她吧，老天开眼，我已经告诉你她的身价了。——（对法兰西国王）法兰西君王，我不敢让你的感情误入歧途，爱上一个我不喜欢的女儿，希望你另选佳偶，不要留恋这个上天厌弃的人吧！

法兰西国王　这就怪了,她刚刚还是你的心肝宝贝,你捧上了天的宠儿,你晚年的无上安慰,怎么转眼之间,这个最完美、最可爱的人儿会犯下不可饶恕的罪过,被剥夺了一层又一层鲜艳夺目的外衣呢?那一定是她犯下了不可原谅的错误,使天使变成了魔鬼,否则,你过去如此热烈的感情,怎么会突然冷却失色、变成一片黑暗呢?这简直令人难以相信。如果不是出现了奇迹,你说的理由是很难在我心里生根发芽的。

柯黛丽　我还是请求父王——如果我缺少的只是油嘴滑舌,不会说违背良心的话,那是因为我想做的事,总是先做了再说——请求父王明白:我并没有做什么坏事,既没有谋财害命,也没有走歪门邪道,更没有任何不规矩的行为,也没有走不正当的道路,即使走了就会发财致富我也不走,我没有善于献媚的眼睛和善于讨好的舌头,虽然这使我失去了宠幸。

李　尔　早知道你这样不讨人喜欢,还不如不生你更好。

法兰西国王　就是为了这点缘故？因为说话慢于行动，先做后说？布根第公爵，你说这位小公主怎么样？爱情中如果掺杂了不相干的得失，那就不是爱情了。你愿意要小公主吗？她只有本身是一笔嫁资了。

布根第公爵　（对李尔王）高贵的国王，把你答应给她的嫁资给她吧，我可以立刻使她成为布根第公爵夫人。

李　尔　不行，我已经发了誓，不能更改了。

布根第公爵　（对柯黛丽）那就对不起，你既然失去了父亲，就不得不失去一个丈夫了。

柯黛丽　布根第公爵请放心吧，既然你爱的和尊重的是财产，我并不在乎做什么公爵夫人。

法兰西国王　最美的柯黛丽，你没有嫁资，却更加富有了。最好的当选人居然会落选，最可爱的人居然没人爱，你的美貌和美德我都要据为己有，紧紧抓住不放了。这是公平合法的，我争取的是别人放开的。

　　天哪！真奇怪，别人的冷酷无情

> 却点燃了我火光熊熊的内心。
> 没嫁资的公主是无价的财宝,
> 成了王后,要投入法兰西怀抱。
> 布根第公国一望无际的海水
> 哪能使一诺千金的公主陶醉?
> 柯黛丽,和你的祖国说声再见!
> 更美丽的国家会出现在眼前!

李　尔　那你就带她走吧,法兰西国王,她就是你的人了,我算是没有这样一个女儿,也不想再见她一面。你们走吧,我也不说什么客气话,既然没有感情,也就不必祝福了。我们也走吧,高贵的布根第公爵。

（喇叭声中退场。法兰西国王和三姐妹留舞台上。）

法兰西国王　向你的姐姐告别吧。

柯黛丽　父亲眼中的宝贝,用泪水洗眼睛的柯黛丽向你们辞行了。我知道你们的德行,作为妹妹,我也不想在临别赠言中说三道四。如果你们刚才吐出的是肺腑之言,那说到就要做到,对父亲就要真爱。如果我还能得到他的

> 信任，我宁可要他依靠别人。再见了，两位姐姐。

丽　甘　我们该做什么，用不着你来指手画脚。

高内丽　你还是多想想如何伺候那个大发慈悲接受了你的丈夫吧。你对父亲不孝，得不到嫁资也是活该。

柯黛丽　时间久了，狐狸尾巴总是要露出来的，但愿你们能不出乖露丑。

法兰西国王　走吧，我美丽的柯黛丽。（二人同下。）

高内丽　妹妹，关于我们的事，我有一肚子话要跟你说呢。我看父亲今夜也要走了。

丽　甘　那是一定的，这个月他和你们同住，下个月就到我们这里来。

高内丽　你注意到没有：父亲年纪老了，脾气变化很大。他本来最爱小妹，一发糊涂却抛弃了她，变得多怪！

丽　甘　这是老糊涂了，但是他却没有自知之明。

高内丽　他年富力强的时候就很鲁莽，现在我们还得忍受他年深月久受外来影响养成的更怪僻的脾气。

丽　甘　他一发脾气就把肯特打发走了,谁能保证他对我们不发脾气呢?

高内丽　法兰西国王辞行,他还要应酬一番。让我们商量一下,万一他要对我们发脾气怎么办。

丽　甘　我们再从长计议吧。

高内丽　还是打铁趁热更好。(同下。)

第 一 幕

第二场

葛罗特伯爵城堡内

(私生子艾德芒上。)

艾德芒　自然女神啊,你是个公平的天使,怎么能制定这样不公平的法律,让世人瞧不起一个只比他哥哥小一岁或晚十四个月出世的私生子呢?私生子为什么就要低人一等?难道说我的身子不结实,头脑不灵活,形象不堪入目,比不上一个正经女人生下的儿子?为什么在我的额头打上了下贱的烙印?下贱,低人一头?你恩我爱偷情生下来的孩子,有哪一点不如规规矩矩、糊糊涂涂养出来的笨蛋?那好,名正言顺养下来的艾德卡,我一定要夺得你的土地，父亲偏偏喜欢私生的而不是婚生的儿子——什么婚生私生，只要这封信马到成功，我的妙计就要翻天覆地，下贱的艾德芒就要压倒正统的艾德卡，我就要翻身了。老天，帮帮私生子吧！

（葛罗特上。）

葛罗特　肯特就这样被赶走了？法兰西国王也在一怒之下离开了？而国王今夜也要走？王权要受限制，靠供养过日子？而这一切都是在感情冲动之下做出来的。——艾德芒，怎么啦？有什么消息吗？

艾德芒　父亲大人，没有什么消息。

葛罗特　你为什么这样急急忙忙把那封信藏起来？

艾德芒　没有什么消息，父亲。

葛罗特　你在读什么信？

艾德芒　没有什么，父亲。

葛罗特　没有什么？那你为什么这样慌慌张张把信塞到衣袋里去？既然信里没有什么见不得人的东西，那为什么要藏起来？拿来给我看看。要是信里没有什么，我也用不着戴眼镜了。

艾德芒　请你原谅,这是一封哥哥给我的信,我还没有读完。就我读过的那一部分,我觉得你还是不看更好。

葛罗特　把信给我。

艾德芒　不管我给信不给,总要得罪一方的,因为我看到信里有些话不太合适。

葛罗特　给我看,给我看。

艾德芒　我要为哥哥说句公道话,他写这封信只是为了看看我是不是靠得住。

葛罗特　(读信。)"这种遵从长辈的做法,使得年轻一代就要浪费青春的生命,等到我们老了,还要钱财有什么用呢?我开始感到上了年纪的一代不太讲理。他们对年轻人压制、束缚、控制,并不是因为他们有力量,而是因为我们容忍他们。到我这里来吧,我可以和你长谈。如果我们可以不声不响使父亲安眠不醒的话,你就可以永远享受他的一半财产,享受哥哥对你的深情厚谊。艾德卡"——哼!真是反了!"安眠不醒,就可享受一半财产。"这是艾德卡吗?他的手会写出这些字？他的良心和头脑会想出这些话来？你是怎么得到信的？谁送来的呀？

艾德芒　信不是送来的，父亲。怪就怪在这里：信是从我房间的窗口扔进来的。

葛罗特　你认得这是你哥哥的笔迹吗？

艾德芒　如果信里说的是好话，父亲，我敢发誓这是他的笔迹，但是现在，我想说不是也没有用。

葛罗特　这是他的笔迹。

艾德芒　是的，父亲，但我希望他是有口无心。

葛罗特　这个问题，他以前问过你吗？

艾德芒　没有，父亲。不过我常听他说：儿子成年而父亲老了，父亲就该养老，让儿子来管钱财更好。

葛罗特　坏蛋，坏蛋！这正是信里说的话！可恶的坏蛋！丧尽天良，令人厌恶！这比粗暴野蛮还更坏！去，好家伙，找他来。我要教训他，这坏蛋在哪里？

艾德芒　我也不太清楚，父亲。如果你能等待怒气平息之后，在搞清楚我哥哥的真实情况之前，不要忙于采取激烈行动，以免造成误会，那会对你的尊严带来损害，并且使你们之间的感情产生裂痕，甚至会粉碎他对你的孝心。我敢用生命担保：哥哥写这封信，目的只是试探我对你的感情，并没有其他意思。

葛罗特　你以为是这样？

艾德芒　如果父亲大人认为合适，我可以设法让你亲自听到我们关于这方面的谈话，并且不用等太久，今天晚上就有机会。

葛罗特　他不可能坏到这个地步。艾德芒，你去设法搞清楚，你要转弯抹角了解真实情况。用你的聪明来办这件事，我可以不顾身份地位，只要能够做出正确的决定就行。

艾德芒　我会立刻去找他，父亲，我会设法搞清楚这件事，然后再告诉你。

葛罗特　最近发生的日蚀月蚀对我们都不是好兆头，虽然大自然有这样那样的理由，但后来发生的事说明自然受到了惩罚：人情冷淡了，友谊破裂了，兄弟分开了；城里有暴乱，乡下有混乱，宫中有叛乱；父子关系也反常了。我的这个孽种迎合了这个兆头，这是儿子反对父亲；国王违反天性，这是父亲抛弃儿女。我们的好时候已经过去：阴谋诡计，虚伪浮浅，奸诈狠毒，一片毁灭性的灾难令人不安地追随着我们，一直跟到坟墓中为止。艾德芒，去揭穿这个坏小子对你没有什么不好，不过要小心。——忠心耿耿的肯特流放了，罪名只是太老实！真是怪了。

（下。）

艾德芒　人真是肤浅啊，倒霉的时候往往是自己的行为不当，却要怪罪日月星辰。仿佛我们做坏事是天定的，我们的愚蠢是天生的，我们做流氓盗贼也是天命，我们贪杯偷情，说谎也不脸红，都是受了某个星宿的影响。我们做坏事也是上天促使的。妓院老板把淫乱的责任都推向天上的星座，我的父亲和母亲在龙尾星下私通，在大熊星下生了我，所以我就成了一个粗暴好色的小子。其实在我非婚出生的时候，不管天上最纯洁的处女星怎么照耀着我，我都是个野种。

（艾德卡上。）

怎么说到野种,偏偏来了一个纯种。我这野种只好唉声叹气、呼天抢地了。——啊,这些日蚀月蚀真不是好兆头!(唱音符。)"话""说""拉""美"。

艾德卡 怎么啦,艾德芒弟弟,你在想什么?

艾德芒 哥哥,我在想那天读到的预言:日蚀月蚀之后会发生什么事情?

艾德卡 你就是想这个问题吗?

艾德芒 预言的结果不太好。你什么时候见到父亲的?

艾德卡 昨天晚上。

艾德芒 你和他谈话了?

艾德卡 谈了两个小时。

艾德芒 你们分别时怎么样?他说话表情有没有不高兴?

艾德卡 一点也没有。

艾德芒 我怕你有什么事使他生气了,我劝你暂时不要和他见面,他现在火气正大,见到你恐怕会发作。

艾德卡 一定是有人说我坏话了。

艾德芒 我怕也是这样。我求你要忍耐一点,在他火气没过去的时候，到我房里去吧。我看可以随时让你听到父亲的话。走吧，这是我的钥匙。（给钥匙。）如果你出去，就要带武器。

艾德卡　为什么要带武器？

艾德芒　我劝你最好稳当点，如果我说没有人对你不怀好意，那我就不老实了。我已经把我看到的和听到的都告诉了你，但这不过是可怕的影子而已。请你走吧！

艾德卡　我会很快听到你的消息吗？

艾德芒　我会尽量帮你。——（艾德卡下。）

一个轻易就相信人的父亲，一个忠厚老实的哥哥，天生不会害人，也想不到人会害他。这样的老实人正好随我摆布了。

　　凭出身得不到土地，

　　用计谋就来得容易。（下。）

第 一 幕

第三场

奥巴尼公爵府

（高内丽及总管奥瓦德上。）

高内丽　我父亲是不是打了我手下人，怪他不该责备他的弄臣？

奥瓦德　是的，夫人。

高内丽　不管白天黑夜，他时时刻刻都要惹是生非，闹得大家不得安宁，真叫我受不了。他的骑士也胡闹一气，他自己每件小事都看不顺眼，等他打猎回来，我也不想见他，就说是我病了。你服侍他不必太在意，有事让他找我。

奥瓦德　夫人，他回来了，我听见他的声音。

高内丽　你们大伙做事都不必太卖劲,出了问题也不用怕。如果他不满意,让他住到妹妹家去好了。她的心情和我一样,这点我很清楚。记住我说的话。

奥瓦德　是,夫人。

高内丽　对他的骑士要冷淡点,出了事不要紧,告诉你们大家。我会立刻写信给妹妹,要她和我一样对他。就这样吧。准备晚餐去。(同下。)

第 一 幕

第四场

奥巴尼公爵府

(肯特化装成陌生人上。)

肯　特　如果我的口音也改得和我的面目一样叫人认不出来,那我就可以达到目的,做我想做的事了。判了流放罪的肯特啊,如果你能违禁侍候你所爱戴的主子,他就会发现你还是蛮有用处的。

(幕后喇叭声中,李尔及侍从骑士上。)

李　尔　不要让我在餐桌上等待,叫他们上餐。

(一侍从骑士下。)

(问肯特。)你是什么人?

肯　特　侍候你的人。

李　尔　你是干什么事的？你会侍候吗？

肯　特　你看我像干什么的人，我就干什么。我会老老实实侍候一个相信我的人，爱戴一个老老实实的人，喜欢和少说话的聪明人多说话，怕打官司，迫不得已也会打架，但是不会强人所难。

李　尔　你到底是什么人？

肯　特　一个忠心耿耿的仆人，但是穷得像一个国王。

李　尔　如果你穷得像一个穷国的老百姓，那也可以算是穷了。你来到底有什么事？

肯　特　做侍候人的事。

李　尔　侍候什么人呀？

肯　特　侍候你呀。

李　尔　你知道我是什么人吗，好家伙？

肯　特　不知道，不过我一看你的样子，就像是个主子。

李　尔　怎见得呢？

肯　特　你有架子。

李　尔　你会干什么差事？

肯　特　我会说老实话，骑马，跑腿，把稀奇古怪的事讲得莫名其妙，把明白老实的话说得痛快淋漓，普通人能做的事，我干得一点不差，我最大的本事是从不偷懒。

李　尔　你多大年纪了？

肯　特　不算年轻，不会为了爱听唱歌就爱上一个歌女；也不算老，不会舍不得一个上了年纪的风流婆娘。四十八个年头压在我的背上。

李　尔　跟我来吧，如果我用餐后还喜欢你，离不开你。——晚餐呢？嘿，我的晚餐呢？还有我那个说说笑笑的伙计呢？你快去叫他来。

（另一侍从骑士下。）

（奥瓦德总管上。）

你，你，什么东西！我女儿呢？

奥瓦德　对不起——（下。）

李　尔　这家伙说什么来着？叫这浑蛋回来。

（另一侍从骑士下。）

叫我说说笑笑的伙计来！怎么？难道全世界都睡着了？

（一侍从骑士上。）

怎么啦！那个浑蛋呢？

骑　士　主公,他说公主身子不舒服。

李　尔　为什么我叫的那个奴才不回来?

骑　士　他转弯抹角地说:他不来了。

李　尔　他不来了?

骑　士　主公,我不知道出了什么事,但在我看来,他们对主公不像以前那样有礼貌、有感情了。不但是底下人,就连公爵和公主也显得不那么热情了。

李　尔　嘿!你这样看吗?

骑　士　请主公原谅,如果我看错了的话;但当我觉得别人对不起主公的时候,我就不得不照实说了。

李　尔　你说得不错,我也觉得不太对头:近来我看他们做事粗心大意,我本来还怪自己不该太多心,不该把他们看成有意冷淡,现在就要进一步看看了。我的说笑人呢?我已经两天没有看见他了。

骑　士　自从小公主去法兰西后,主公,说笑人似乎也张不开笑口了。

李　尔　不要多说,我也注意到了。——你去叫我的女儿来，我有话要对她说。

（一骑士下。）

你去叫说笑人来。

（另一骑士下。）

（奥瓦德总管上。）

啊，老兄，你来了，你知道我是什么人吗，老兄？

奥瓦德　夫人的父亲。

李　尔　夫人的父亲？公爵的奴才，你这狗娘养的，该死的奴才，混账的狗东西！

奥瓦德　大人，你可不能这样叫我，请你原谅。

李　尔　你敢对我瞪眼睛，你这浑蛋！

（打奥瓦德。）

奥瓦德　大人，不要打人。

肯　特　（踢奥瓦德。）难道也不能踢？你这贱骨头。

李　尔　谢谢你，老兄，你帮了我的忙，我喜欢你。

肯　特　来吧，老兄，起来，滚开，滚吧！如果你不想再把身子量地的话，那就赶快滚吧！滚！放聪明点！

（推奥瓦德下。）

李　尔　（给肯特钱。）给你，好伙计，这是预付给你的赏钱。

说笑人　我也用得着你。戴上我的小丑帽吧。

李　尔　怎么啦，我的好奴才，你怎么啦？

说笑人　你最好也戴上一顶小丑帽。

李　尔　为什么，我的好孩子？

说笑人　为什么？因为我总爱帮失败者；要是你冲着大风做笑脸，你马上就要受凉了。所以戴上我的小丑帽吧！为什么？这个傻家伙赶走了两个女儿，却无意中给第三个女儿带来了好运气。如果你要跟他一样，那就一定要戴上小丑帽，能冲着大风做笑脸。——怎么样？老伯，但愿我能把两顶小丑帽给两个女儿。

李　尔　为什么，我的好孩子？

说笑人　我把一生的积蓄都给了她们，自己就只剩下傻瓜的小丑帽了。这一顶是我的，你也去向女儿讨一顶吧。

李　尔　小心，伙计，你要挨鞭子了。

说笑人　真理是条狗，只好钻狗窝，母狗发火一放屁，就把它赶出来了。

李　　尔　你是要惹我生气?

说笑人　老兄,我教你唱一支歌。

李　　尔　唱吧。

说笑人　听着,老伯:

　　　　有钱莫外露,

　　　　说话要有度!

　　　　借钱莫借出,

　　　　骑马莫走路!

　　　　多看少相信,

　　　　莫输掉金银!

　　　　莫吃喝嫖赌。

　　　　脚要少出户!

　　　　有了二十块,

　　　　赚双倍外快!

李　　尔　这不算什么,傻瓜。

说笑人　那么,我说的话等于免费律师放的屁,什么也没得到。(对李尔)你就不能无中生有,从"不算什么"中捞到一点"什么"吗?

李　　尔　那怎么行,好孩子,不算什么,就是什么也没有。

说笑人 （对肯特）请你告诉他：这么多土地都白白送掉了，他还不相信自己是傻瓜吗？

李　尔　可怜的傻瓜！

说笑人　好孩子，你知道可怜的傻瓜和可笑的傻瓜有什么分别吗？

李　尔　不知道，傻孩子，你说说看。

说笑人　谁劝你分送国土，
　　　　那就比我还糊涂。
　　　　傻瓜可笑又可气，
　　　　戴着王冠穿花衣。

李　尔　好孩子，你说我也是傻瓜？

说笑人　你把所有的称号都送掉了，只有这个称号是生下来就有、送也送不掉的。

肯　特　主公，傻瓜这话说得倒不傻呢。

说笑人　老伯伯，给我一个鸡蛋，我可以给你两顶帽子。

李　尔　什么帽子？

说笑人　怎么不明白：我把蛋从中间切开，吃掉蛋心，就只剩下蛋黄的金冠和蛋白的银冠两顶帽子了。你把你的王冠一分为二全送了人，这不是傻子想驮着驴子过河吗？你把头上金光闪闪的王冠送了人，你光光的脑袋里还有什么发光的呢？要是有人以为我这是说傻话，真该抽他一顿鞭子。

  傻瓜并不傻，

  聪明人糊涂，

  开口说傻话，

  动手犯错误。

李　　尔　你什么时候学会唱这么多的歌了，老兄？

说笑人　老伯，自从你把两个女儿当作母亲供养，把鞭子交给她们，而自己却脱了裤子等她们打屁股，我就只好唱歌了。

  她们快活得要哭，

  我就难过得要唱；

  国王把祸当成福，

  傻瓜当中把身藏。

老伯，请去找个老师来教你的傻瓜说谎，好不好？

李　　尔　要是你说谎，老兄，我就要给你一顿鞭子。

说笑人　我不知道你和两个女儿到底是什么关系。我若说了老实话，她们就要用鞭子抽我；现在我若说了谎话，你又要用鞭子打我；有时我什么话都不说，还是要挨一顿鞭子。我真觉得做什么人都比做说笑人好。但我还是不愿做你，你是两面削皮中心空。瞧，你削了皮的一面来了。

（高内丽上。）

李　尔　怎么啦，女儿？你额头上罩了一层阴云似的，近来怎么老是愁眉苦脸的呀？

说笑人　你不在乎她皱眉不皱眉的时候，过得倒还不错；现在你却心中无数，等于一个零了。我现在过得比你还要好一些，我多少还有说有笑，你却要哭都哭不出来了。

（对高内丽）好，好，我不多说了，你的脸虽然不说话，我却听得见你心里的声音。

（唱）快快把嘴闭，

　　　不吃面包屑，不吃面包皮，

　　　多多少少，总要吃点东西。

（指李尔）他可是个吃空了的豌豆荚。

高内丽　不只是你这个胡言乱语的傻瓜，还有别的不讲道理的随从，时时刻刻都闹得人心不安，无法忍受。父亲，我本来以为告诉你以后，情况会有好转；不料听了你最近所说的话，看了你所做的事，似乎你却在保护他们，怂恿他们，他们闹得更厉害了。因为有了你做靠山，他们胡作非为，也不会受到处分，刑罚似乎也在睡大觉了。谁敢为了保证大家的生活过得去而得罪你呢？这真可恶！但是现在大家小心在意，不得不这样做了。

说笑人　老伯，你看：

　　　　麻雀喂大了小鸟，

　　　　小鸟要咬它的头。

蜡烛灭了，我们只好摸黑了。

李　尔　你还是我的女儿吗？

高内丽　我希望你要明白——你本来是个明白人——怎么现在忽然变得前后判若两人了？

说笑人　不是马拉车，而是车拉马了，傻瓜怎么看得懂呢？

　　　　吃我一鞭，骚婊子，我爱你啊！

李　尔　这里还有人认得我吗？我已经不是李尔了，

　　　　李尔会这样走路、会这样说话吗？他的眼睛呢？他的理解力削弱了吗？他分辨是非的能力是不是睡着了？——嘿！醒过来吧！谁能告诉我这是什么人呢？

说笑人　李尔的影子。

李　尔　好一个明白事理的女人！你叫什么名字？

高内丽　父亲，你何必装模作样？这的确和你的新名堂没有什么不同。我求你正确理解我的意图：你已经老了，受人尊敬，应该明白道理。你在我这里养了一百个骑士还有侍卫，他们乱七八糟，吃喝玩乐，放肆大胆，他们的恶劣作风影响了我们王府，使宫廷变成了一个乱哄哄的客店，他们嫖赌逍遥，使王府成了酒楼妓院，而不像一个高雅的场所。这种可耻的现象怎么能够不立刻改正过来呢？请你按照女儿的话下命令吧，否则，女儿只好按照自己的意图处理了。减少一些你的侍从吧，留下适合你高龄的人，他们既知道你的地位，也知道他们自己的地位。

李　尔　黑暗地狱里的魔鬼啊！

　　　　（对侍仆）赶快备马，叫我们的队伍集合！
　　　　（对高内丽）狗吃了你的良心，贱人！我不打扰你了，幸亏我还有一个女儿呢。
高内丽　你打我的手下人，你那些目中无人的侍仆居然不知天高地厚，把他们的上司当作下级指使。
　　　　（奥巴尼公爵上。）
李　尔　现在后悔也来不及了。
　　　　（对奥巴尼）这是你的意思吗？说呀。
　　　　（对仆从）赶快备马！真是忘恩负义，比魔鬼还心狠。你如果是海上的妖魔鬼怪，那倒不足为奇，而你却是我的女儿！
奥巴尼　大人，请你忍耐一点。
李　尔　（对高内丽）瞎了眼的蝙蝠，你说的全是谎话。我的侍从都是经过挑选的，他们人很能干，懂得他们的职务，谨慎小心地护卫着他们的名声。啊，一点微小的错误，简直是白璧微瑕，出现在柯黛丽身上，却像撞城机一样撞破了我心灵的大门，把我慈爱的感情都撞走了，却带进来一些恶毒的苦味。啊，李尔，李尔，李尔，痛打你的脑门吧！谁让它把判断是非的能力放走，却让愚昧无知的错觉占据了头脑呢！（捶头。）——走吧，我的人都走吧。

奥巴尼　这可不能怪我，你为什么这样生气？我是既不知又无辜的呀。

李　尔　也许是这样，公爵。——抚养万物的自由女神啊，听我说，如果你本来打算让这个贱人生儿育女的话，那就让她断子绝孙，让她腐朽的器官枯烂，让她的贱躯生不出一个儿子来吧！万一要生，也要给她报应，生一个翻脸不认娘的逆子；让她未老先衰，年纪还轻，额头就刻满了皱纹；让眼泪在她脸上流出两条沟来，使她受尽生育的煎熬，受到大家的嘲笑和贱视，让她尝尝忘恩负义的孩子像毒蛇一样用尖锐的牙齿啃她的心吧！——走了，走了！（下。）

奥巴尼　尊敬的天神呀，怎么会这样呢？

高内丽　不要自寻烦恼，这种事不必寻根问底。让这个老糊涂发他的臭脾气去吧！（李尔重上。）

李　尔　怎么，我的侍从一下就少了五十个？我在这里还没有住上半个月呢。

奥巴尼　出了什么事，大人？

李　尔　等等再和你说。——（对高内丽）死也罢，活也罢，我都后悔莫及，你居然使我失掉了男人气，像个女人一样热泪盈眶，夺眶而出了。不过我的眼泪不会白流，我会要你得到报应。狂风毒雾都会降临，父亲的诅咒会穿透你的五官，是无药可医的！我昏花的老眼，如果你要为此流泪，我就要把你挖出来，让你和泪水一同化入污泥。嘿，就这样吧。幸亏我还另外有个女儿。我相信她不会像你这样一点也不温存体贴，等她听到你这样对我的时候，她一定会用尖指甲抓破你的狼心狗脸。你就会看到我还会恢复当年的气概，不要以为你已经使我丧魂失魄了。

（与肯特及侍从下。）

高内丽　你看见没有？

奥巴尼　我们是恩爱夫妻，高内丽，说话也不能不公道——

高内丽　算了，请你不要多说。——怎么样了，奥瓦德？来！

（对说笑人）你，伙计，说你傻还不如说你坏呢。跟你的主子走吧。

说笑人　李尔老伯，李尔老伯，等一等，把你的傻瓜带走吧！

（唱）你的女儿狡猾，

　　　比狐狸还到家。

　　　我若有个绞架，

　　　上去的就是她。

跟你的是傻瓜。（下。）

高内丽　这家伙倒会出好主意。留下一百个骑士，真是既安全又管用，只要他一胡思乱想，一有动静猜疑，一有牢骚不满，就可以用他们的力量来实现他的痴心妄想，把我们的生命掌握在他手中。——奥瓦德，听我说！

奥巴尼　你是不是想得太远了？

高内丽　想得太远总比轻易相信稳当得多吧。我还是要消除我的担心，等你受到伤害就来不及了。我知道他的心，已经把他说的话都写信告诉妹妹，问她：供养他和他的一百个骑士是不是得当？

（奥瓦德上。）

怎么了，奥瓦德，给我妹妹的信写好了没有？

奥瓦德　写好了，夫人。

高内丽　带几个人快马加鞭去告诉她我担心的事。你还可以加上一些你想到的理由，使信的内容更加丰富。赶快去吧，还要赶快回来。

（奥瓦德下。）

不，不，夫君，你的心太软了，我不怪你，你这样做往往是成事不足，败事有余。

奥巴尼　我还说不出你的眼光多么远大。不过看得太远，反而会丢掉近在手边或者已经到手的东西。

高内丽　不要说了——

奥巴尼　那好，看结果吧。（同下。）

第一幕

第五场

同前

（李尔、肯特、侍从及说笑人上。）

李　尔　（对肯特）你先送信去康华尔公爵府吧。我女儿问你多少，你知道多少就回答多少，不要多说。你走快点，不要等我到了你还没到。

肯　特　主公放心，我不睡觉也要把信送到。（下。）

说笑人　如果人的脑子长在脚后跟，那脚就不会生冻疮了吗？

李　尔　哈，好孩子。

说笑人　那么，高兴点吧，你的脑子并没有生冻疮呀。

李　尔　哈，哈，哈！

说笑人　你就会看到二女儿对你会不会好一些,虽然她和大女儿就像沙果和苹果一样,不过我可以告诉你我所知道的。

李　尔　你可以告诉我什么,好孩子?

说笑人　酸沙果和酸苹果一样,没有什么分别。你能告诉我鼻子为什么长在脸当中吗?

李　尔　不能。

说笑人　为了把眼睛分在鼻子两边,鼻子闻不到的,眼睛都能看到。

李　尔　我真对她不起——

说笑人　你知道蚝壳是怎样长出来的吗?

李　尔　不知道。

说笑人　我也不知道,不过我可以告诉你蜗牛为什么老是背着它的壳。

李　尔　为什么?

说笑人　因为它在壳里可以藏头露角,而不必把壳白送给女儿。

李　尔　我真应该忘了天性。做什么慈爱的父亲!——马准备好了吗?

说笑人　你的笨驴为你备马去了。你知道北斗星为什么是七颗吗？

李　尔　因为不是八颗。

说笑人　这下说对了，你也可以做个说说笑笑的傻瓜了。

李　尔　用力去夺回来，忘恩负义的贱人！

说笑人　老伯伯，假如你是我的说笑人，我就先要给你一顿鞭子。谁叫你还没说没笑就先老了？

李　尔　这是从何说起？

说笑人　你应该先聪明而后再老呀！

李　尔　啊，不要让我发疯，好老天！不要让我疯了！让我压住脾气吧，我不能疯呀！

　　　　（对侍从）怎么，马备好了没有？

侍　从　好了，主公。

李　尔　来吧，好孩子。

说笑人　少女满脸笑，看着我离开，

　　　　我一寸不短，她怎不开怀！

　　　　（同下。）

第 二 幕

第一场

葛罗特伯爵府

(私生子艾德芒上,与丘仑迎面相逢。)

艾德芒　老天保佑,丘仑。

丘　仑　老天保佑,少爷。我见到你的父亲了,我通知他康华尔公爵和夫人今晚要来拜访。

艾德芒　那是怎么回事?

丘　仑　我也不太清楚。你听到外面的消息没有?我是说那些口耳相传的消息。

艾德芒　没有听到,请告诉我好吗?

丘　仑　你没听说康华尔公爵会和奥巴尼公爵打起来吗?

艾德芒　一点也不知道。

丘　仑　到时候你会知道的。再见了,少爷。(下。)
艾德芒　公爵今晚会来?那就更好——简直是太好了!这下正合我意。父亲正提防着哥哥呢。我有件事一定得做,但是没有把握。干脆碰碰运气,动手吧!

(艾德卡上。)

哥哥,和你说一句话,下来吧,哥哥。我说父亲在看着你呢;啊,老兄,离开这里吧。有人告发你藏在这里了,你最好在夜里离开。你有没有说过康华尔公爵的坏话?他马上就要到这里来了,而且是在夜里,这样急急忙忙的,丽甘也同他来;你有没有站在他们那边说什么对奥巴尼公爵不好的话?你想想看!
艾德卡　我敢肯定没有说过,一句也没有说。
艾德芒　我听见父亲来了,对不起,为了装模作样,我不得不拔出剑来对付你了,(拔剑。)你也拔出剑来,假装保护自己。

(艾德卡拔剑。)

现在敷衍一下:赶快投降,见父亲去!

（艾德卡下。）

火把，喂，到这里来！——跑吧，哥哥！——火把，火把！——那么，再见了。（用剑刺伤自己的胳臂。）——身上多了几滴血，可以使人相信我真拼命打过；我见过喝醉的人伤得比我还更厉害。——父亲，父亲！站住，别跑！没人来帮我吗？

（葛罗特及仆从持火把上。）

葛罗特　艾德芒，那坏蛋呢？

艾德芒　他站在暗处，只有尖刀闪闪发光，他口里念念有词，求月亮做他的保护神——

葛罗特　他到哪里去了？

艾德芒　瞧，父亲，我流血了。

葛罗特　艾德芒，坏蛋到哪里去了？

艾德芒　父亲，他朝这边跑了。我看他没法子——

葛罗特　快追他去，嘿！快去！

（众仆从下。）

没法子干什么？

艾德芒　没法子说服我谋杀父亲大人，因为我对他说：谋害自己的父亲是天理不容，会天打雷

49

劈的；我说父子之情有千丝万缕连在一起，难割难分；总而言之，父亲，他看见我这样反对他的叛逆行为，一怒之下，就拔出他随身带的剑来，冲向我毫无防范的身体，刺伤了我的胳膊；但他一见我毫不动摇的神气，跟他据理力争的态度，怕我会诉诸武力，也许是听见我喊，怕会惊动太多的人，忽然一下他就跑掉了。

葛罗特　让他跑吧，只要他还在国内，就休想不被发现，不被抓到——一抓到就休想活了。我们高贵的主子公爵大人今晚就要来这里，只要他一同意，我就宣布：谁抓到这个谋害亲人的孽子，使他受到刑罚，就会得到重赏；谁要是隐藏犯人，那就要判死刑。

艾德芒　我劝他不要图谋不轨，而他却执迷不悟，不肯悔改，我只好赌咒发誓，要告发他，他却对我说："你这个没有继承权的私生子，胆敢和我作对，难道你以为会有人相信你，以为你说得对，做得有道理吗？不会的，即使你拿出我手写的文字来做证据，我也会说这是你捏造的证据，恶毒的阴谋诡计，用来陷害我的；你以为这个世界会这样傻，会看不透你的罪恶用心是要利用我的死亡来实现你得到大量财产的险恶意图吗？"

（内喇叭声）

葛罗特　好一个用心险恶的畜生！他要否认自己的笔迹吗？

听，公爵到了，我不知道他为什么而来。我要封锁港口，不让畜生逃走。我要请公爵批准，还要把这畜生的图像到处张贴，使全国都家喻户晓。——（对艾德芒）好孩子，我会让你的好心得到好报的。

（康华尔、丽甘及侍从上。）

康华尔　怎么样，我的好朋友，我还刚到——就是刚才——却听到了意想不到的消息。

丽　甘　如果那是真的，无论你怎样处置罪人都不算过分了。大人，你说呢？

葛罗特　啊，夫人，我这老糊涂的心都要碎了，已经碎了。

丽　甘　怎么，是不是我父亲的教子要谋害你的性命？我是说艾德卡，他的名字还是我父亲取的呢。

葛罗特　啊，夫人，夫人，你叫我惭愧得无地自容了。

丽　甘　他不是和我父亲胡作非为的骑士混在一起的吗？

葛罗特　我也不知道，夫人，实在是太糟了，太糟了。

艾德芒　是的，夫人，他的确是和他们一伙的。

丽　甘　他给他们带坏了，这不足为奇。他们当然会唆使他谋财害命了。我刚从姐姐那里得到消息：要我小心提防他们，他们若来，我就不要待在家里。

康华尔　当然我也不会留下，丽甘，你可以放心。——艾德芒，听说你对父亲尽了做儿子的责任。

艾德芒　那是我的本分，大人。

葛罗特　他为了揭穿阴谋还受了伤，你看，那就是他奋不顾身的结果。

康华尔　有人去追吗？

葛罗特　有的，大人。

康华尔　只要逮到了他，就不必担心他再为非作歹了。你随便怎么处置他都行，我们给你全

> 权。至于你呢,艾德芒,你的品行高尚,对父尽孝,不用多说,谁也看得出来,你就是我们的人才。我们非常需要你这样可以信得过的人,一抓住就不放手了。

艾德芒　我会忠心服侍大人的。

葛罗特　我也代他感谢大人的恩典。

康华尔　你不知道我们今晚为什么来访吧?

丽　甘　我们不管时间早晚,穿过一片漆黑的夜色,可尊敬的葛罗特,这样利用时机来拜访你,实在是要听听你的高见。我们的父亲和姐姐分别寄了信来,我们觉得还是不在家里回信更好,就让信差也到这里来等回信了。亲爱的好朋友,我们的大事非常需要你的忠告,请你不要吝惜高见吧。

葛罗特　夫人,我们一切都听候吩咐,哪能不竭诚欢迎呢?

（喇叭声中,众下。）

第 二 幕

第二场

葛罗特伯爵府外

（肯特化装为卡尤斯上，迎面遇见奥瓦德总管。）

奥瓦德　早晨好，伙计，你是伯爵府的人吗？

肯　特　嗯。

奥瓦德　什么地方好系马呀？

肯　特　泥坑里。

奥瓦德　请不要开玩笑，讲点交情，告诉我吧。

肯　特　我和你没有交情。

奥瓦德　那就算了，我不在乎。

肯　特　我恨你恨得牙齿痒了，我要叫你在乎我。

奥瓦德　为什么这样对我？我又不认识你。

肯　　特　坏家伙，我可认得你呢。

奥瓦德　你认得我是什么人？

肯　　特　是个混账的坏蛋，吃残羹剩餐的奴才，浅薄自大，一年只有三套制服、只赚一百块钱，却要穿冒牌的粗毛袜，胆小如鼠，束手束脚，却又装模作样、照镜子看丑脸，一箱子肮脏的遗物是你卖身求荣得到的奖赏，你不过是一个丑角、乞丐、胆小鬼、王八蛋、狗娘养的杂种而已。要是你敢否认这些称号，我就要打得你呼天抢地，鬼哭狼嚎。

奥瓦德　你不认识我，我也不认识你，你就这样胡说八道。真是莫名其妙！

肯　　特　真不要脸，居然说不认识我！两天前我还当着王上的面踢你的脚后跟，把你摔倒在地，狠狠打了你一顿，怎么就忘记了？拔出剑来，臭小子，虽然现在是夜里，天上还有月亮呢。我要打得你一塌糊涂，眼睛里冒出金星来，你这个婊子养的！拔出剑来吧！

奥瓦德　救命啊，嗬！要杀人了，来救命啊！

肯　　特　砍吧，你这个狗奴才！站住，你这个浑蛋！站住，你这个外表干净心里脏的坏蛋！砍呀！

奥瓦德　救命啊，嗬！杀人了！杀人了！

（艾德芒上。康华尔、丽甘、葛罗特及侍从后上。）

艾德芒　这是怎么啦，出了什么事？快快分开！

肯　特　你要来一手吗，好小子？要是你敢，就动手吧。我要剥了你的皮，来吧，小伙子！

葛罗特　怎么动刀啦？怎么打起来了？出了什么事？

康华尔　不许动手，否则，就要你们的命：再动刀的就处死。

到底出了什么事？

丽　甘　这两个信差是姐姐和王上派来的人。

康华尔　你们吵什么？说！

奥瓦德　我气都喘不过来了，大人。

肯　特　这有什么奇怪的？你浑身的气力都拿出来了。你这个胆小鬼：世上怎么会有你这样的人？你不过是裁缝用的衣架子罢了。

康华尔　你这话也怪了——衣架子会变人吗？

肯　特　大人，雕石像的石匠，画肖像的画家，哪怕只做了两年学徒，也不会雕得、画得这样差啊。

康华尔　说！你们怎么吵起来的？

奥瓦德　大人，这个老浑蛋，我不是看在他花白胡子的分上，是不会饶他一命的。

肯　特　你这个婊子养的，没有用的废料！——大人，如果你允许，我要把这个硬不起来的软骨头踩成一团泥巴，用来涂茅厕的墙壁——说什么看在我花白胡子的分上。真是刁嘴滑舌！

康华尔　不要说了，不要不识好歹，要懂规矩！

肯　特　是，大人，但是人一生气，就会忘乎所以了。

康华尔　为什么要生气呢？

肯　特　这样一个不老实的奴才，居然佩起剑来。这样笑脸逢迎的坏蛋时常像老鼠一样，把难分难解的神圣的亲情友情咬成两半。当他们的主子发脾气的时候，他们就火上加油，雪上加霜，用他们的鸟嘴来颠倒黑白，把错的说成对的，让主子的脾气越发越大，他们却见风使舵，什么也不知道，只会跟着主子瞎跑。——一张疯疯癫癫的鬼脸！你敢笑我说的话，把我当作傻瓜。笨蛋，要是你落到我手里，我准叫你吃不消、兜着走，滚回你的老家去。

康华尔　怎么，你疯了吗，老家伙？
葛罗特　你们怎么闹起来的？说！
肯　特　没有什么比这狗奴才更叫人生气的了。
康华尔　你为什么叫他狗奴才？他做错了什么事？
肯　特　他的鬼脸叫我看到就讨厌。
康华尔　说不定还有我的脸，他的脸，夫人的脸呢。
肯　特　大人，我的本分是实话实说：我的确见过许多脸孔，比眼前看到的肩膀扛着的要顺眼一些。
康华尔　这家伙因为有人说他爽直而得意了，甚至毫不客气地以粗鲁无礼为荣呢。他披上矫揉造作的外衣，说他不会吹牛拍马，是老实人说老实话。如果人家信他，那好；如果不信，他也不过只是实话实说而已。这种浑蛋我见得多了，他们的实话里面埋藏着巧妙的害人祸心，这比二十个只会低头哈腰、顺着主子唯唯诺诺的笨蛋要危险得多了。

肯　　特　　大人，天理良心，说老实话，如果你的宽宏大量像太阳神额头光芒四射的火焰——

康华尔　　你这样说是什么意思？

肯　　特　　我是想改变我说话的口气，因为你是这样不喜欢我说的话。我知道，大人，我不是一个会奉承的人，那甜言蜜语、曲意逢迎的人是一眼就可以看穿的骗子，即使不奉承就得不到你的欢心，即使求我去做那种骗子，我也不会做的。

康华尔　　（对奥瓦德）你做什么事得罪了他？

奥瓦德　　我什么也没做，最近王上他的主子由于误会，打了我两下，他要向主子讨好，就在后面踢了我一脚，把我踢倒在地，他欺负我，打我骂我，装出一副英雄好汉的架势，来抬高他的身价，就对克制自己的人动拳动脚；他的强横霸道一旦得逞，到了这里，又来对我动刀子了。

肯　　特　　这些混账的胆小鬼，比起你们来，连牛皮大王都要相形失色了。

康华尔　把镣铐拿来！只要我还管得着你，你就得把镣铐一直戴到中午。

丽　甘　戴到中午？戴到夜里吧，夫君，叫他一夜不得好睡！

肯　特　为什么这样对我，夫人？即使我是你父王的一条狗，你也不该这样对待我呀！

丽　甘　伙计，你是他的奴才，我就得这样对付你了。

（镣铐送上。）

康华尔　这就是姐姐谈到的那种人吧，把镣铐拿来！

葛罗特　我求大人宽恕他吧，他的主子王上要是知道了他的差人受到这种亏待，一定会不高兴的。

康华尔　这事有我管。

丽　甘　我姐姐知道她的差人受到欺侮更要生气了。

（肯特戴上镣铐。）

康华尔　走吧，夫人。（同下。葛罗特、肯特留台上。）

葛罗特　朋友，我觉得这对你不公平；不过这是公爵的脾气，世上人都知道，谁能改变他、阻挡他呢？但我还是要为你试试。

肯　特　请不必白费力气，大人，我睁着眼睛走累了，正想睡一会儿，醒了就吹口哨也行，说不定好运气还会走出来呢。明天见吧。

葛罗特　这是公爵不对，王上会见怪的。（下。）

肯　特　好王上，俗话说得不错：天上有福你不享，太阳底下来挨晒，过来吧，照亮世界的火炬。我要借你温暖人心的光辉来读读这封信了。只有在苦难中才更容易发现奇迹。我知道信是柯黛丽送来的，说来也巧，她偏偏知道了我这条走曲线找主公的弯路，在远离辽阔祖国的土地上，居然能设法弥补我们重大的损失。睁开得太久、疲倦得过了头的眼睛啊，抓紧时间闭一闭吧，不要看这个见不得人的地方。命运女神啊，祝你晚安！你能不能把你的轮子转个方向，回过头来笑一笑呢？（入睡。）

（艾德卡上。）

艾德卡　听说到处都在通缉我，幸亏我躲进了一棵空心树，才逃脱了这个难关。没有一个港口可以逃出去。没有一个地方不是戒备森严，警惕异常，只在等我落网。只要我能逃脱，我就要保全自己，哪怕在别人看来是最下贱、最可怜的样子，瞧不起人的贫穷使我看起来已经连禽兽都不如了。我要在脸上涂满污泥，腰间披上破布烂衫，头发结得疙疙瘩瘩，赤身露体，不怕风吹雨打，雷劈电击。这个地方不是没有先例，叫花子呼天抢地，在麻木不仁的胳膊上，绑着松针、尖刺、钉子、枯枝败叶之类讨厌的东西，从贫穷的农场、乡村、羊圈、磨坊乞讨施舍，有时甚至发出疯狂的叫嚣。可怜的穷鬼，可怜的汤姆！我简直换了个人，但是总还算个人吧，不过艾德卡可算完了。（下。）

（李尔、说笑人及侍从上。）

李　　尔　真怪！他们怎么离开了家，也不让我的差人回来？

侍　　从　听说那一夜他们并没有什么事非离开家不可。

肯　　特　（醒来。）你好，主公。

李　　尔　哈，你怎么这样丢人现眼待在这里！

肯　　特　不是，主公。

说笑人　哈，哈！他怎么用脚镣做袜带了？马的缰绳套在头上，狗的带子系在颈上，猴子的绳索捆在腰间，人的镣铐就绑在腿上了。他跑腿跑多了，穿一双木袜子也是不足为奇的。

李　尔　谁认错了人，把你绑在这里了？

肯　特　就是他们两个，你的女儿女婿。

李　尔　不会吧？

肯　特　就是他们。

李　尔　不会，我说。

肯　特　我说，就是。

李　尔　天神在上，我敢发誓，不是他们。

肯　特　天后在上，我也发誓，就是他们。

李　尔　他们不敢这样，不会这样，也不想这样做，这样粗暴地不尊重人，简直比杀人还坏。你要老老实实，快快说清楚：你到底做错了什么事。否则，他们怎么会这样对待你？

肯　特　主公，我一到他们家，就把你的信交上，我还跪着没站起来，只见急急忙忙赶来了一个满头大汗、气喘吁吁的信差。那是高内丽派来的，他一说到女主人的问候，交上信件，就打断了我的会见。他们立刻读信，又命令随行人员上马，要我也跟随在后，对我显得冷淡，要我等他们有空再给回音。一到这里，我又碰到了高内丽那个信差，我一见他受到欢迎就生气——偏偏他就是那个对主公傲慢无礼的管家——我气愤之下就没有思前顾后，拔出剑来，那个胆小鬼立刻高声大叫，把你的女儿女婿都叫了出来。他们说我坏了规矩，就要我受苦受难了。

说笑人　冬天还没过，南雁怎么北飞了？

父亲穿破衣，

子女就不理。

父亲有了钱，

子女露笑脸。

命运是娼妇，

嫌贫又爱富。

话虽然这样说，可是一年到了头，你女儿还要给你吃不完的苦呢。

李　尔　这苦头怎么涌上心头了！歇斯底里症啊，不要这样病态地兴奋了，压下去吧！你这往上爬的痛苦，你的老家在肚子下面哩。——我的这个女儿呢？

肯　特　主公，她和公爵在一起，在里面呢。

李　尔　不要跟着我，你就待在这里吧。（下。）

侍　从　除了你说的话，你并没有冒犯他们？

肯　特　没有。主公带的随从怎么这样少？

说笑人　如果你是为了这个问题戴上镣铐的，那是活该！

肯　特　这话怎么讲，傻瓜？

说笑人　这个问题应该去向蚂蚁学习。蚂蚁到了冬天是没有什么事可以忙的。人总是眼睛看见什么好，就跟着什么走，瞎子看不见就用鼻子闻，而二十个鼻子当中没有一个闻不出他身上已经发臭了，如果你抓住一个滚下山去的大车轮，那你一定会滚得折断脖子；如果车子是上山的，那就紧紧拉住车子，让它把你也拉上去吧。如果有聪明人给你更好的忠告，你就把我的话还给我。我只希望蠢材才听我的话，因为这话是个傻瓜说的。

　　人为了谋利，

　　　表面上跟你。

> 天若一下雨，
>
> 他就会离去。
>
> 傻瓜才留下。
>
> 聪明人走吧！
>
> 这滑头也傻，
>
> 一走变傻瓜。

（李尔和葛罗特重上。）

肯　特　你从哪里学来的，傻瓜？

说笑人　不是戴上镣铐学到的。

李　尔　不和我见面？他们不舒服，他们走累了，走了一夜的路？这些都是借口，分明是抗命，想溜之大吉？借口也要说得过去！

葛罗特　好主公，你知道公爵脾气不好，即使说错了也不肯走回头路。

李　尔　报应，瘟疫，死亡，乱七八糟！脾气不好，他发火了？对谁发火？啊，葛罗特，葛罗特，我要和康华尔公爵夫妇说话。

葛罗特　好主公，我已经告诉他们了。

李　尔　告诉他们了？你明白我的意思吗，老弟？

葛罗特　明白，好主公。

李　尔　王上要和康华尔说话,慈爱的父王要和他的女儿说话,要叫她来照顾,来伺候,你把这些都告诉他们了吗?我气都喘不过来了,血也涌上来了!他暴躁的脾气,暴躁的公爵——且慢,也许他真是不舒服,有病的人难免疏忽健康的人该做的事,天性受到压制就要反抗心灵的主宰,反要心灵和身体一样受苦了。我得要有耐性,不能陷在主观冲动的泥坑里,把有病的人和健康的人混为一谈。(看见肯特。)该死!怎么这样对待王上的差使!为什么要给他戴上镣铐?这样无法无天,倒真使我相信公爵夫妇是有意行动的了。把我的差人放出来,去告诉公爵夫妇我要和他们说话。现在,立刻叫他们出来,要他们听我说。否则,我要到他们的房门口去打鼓,我要把鼓打得半死不活,把睡熟的死人都叫起来。

葛罗特　希望你们不要发生误会。(下。)

李　尔　啊,我的心,我的心都要跳起来了,把它压下去吧!

说笑人　叫吧,老伯伯,就像厨娘把活生生的鳗鱼放在面糊里,用擀面杖轻轻敲着鱼头说:"下去吧,调皮鬼,下去!"就像她的兄弟好心好意用黄油去喂马一样。

(康华尔、丽甘、葛罗特、侍仆上。)

李　尔　你们两个好呀。

康华尔　主公您好。

(肯特恢复自由。)

丽　甘　我很高兴看见父王。

李　尔　丽甘,我想你是高兴的,并且知道你高兴的原因。如果你不高兴,我真要把你母亲从坟墓里叫起来离婚了,因为她怎么生了个不高兴见到我的女儿,一定是见到情人就忘记丈夫了。——(对肯特)啊,你总算脱身了,等等再谈吧。——亲爱的丽甘,你姐姐真不像话,简直像尖牙利齿的老鹰在啄我的心。我都说不出口,说了你也不会相信她竟这样心狠!——啊,丽甘!

丽　甘　父亲,请你要有耐心:我怕不是姐姐心狠,而是你没有看出她的好心好意。

李　尔　你说什么?

丽　甘　我想不出,父亲,如果她管管你那些胡作非为的随从,那有什么不对呢?她有正当的理由,还有一片苦心,有什么可怪罪的呢?

李　尔　该死!

丽　甘　啊,父亲,你老了,天命也快到尽头了,做事要有分寸,要合乎你的身份地位,要有比你懂事的人来管管你。所以我劝你还是回到姐姐那里去,说一声对不起,求她原谅你吧。

李　尔　求她原谅吗?你看这还成皇家体统吗?说什么"好女儿,我老了,是多余的人,我跪下来求你给我衣食住所吧"。

丽　甘　好父亲,不要演这样不入眼的戏了,还是回到姐姐那里去吧。

李　尔　决不去,丽甘,她减少了我一半侍从。给我脸色看,用她毒蛇的舌头咬我的心,让上天成年累月的报复都落到她忘恩负义的头上吧!歪风邪气啊,吹得她的软骨头站不起来吧!

康华尔　不要这样说，主公，不要这样说！

李　尔　迅雷闪电啊，用光焰射瞎她目中无人的眼睛，毁掉她的容貌吧。在烈日下蒸发的瘴气啊，落满她的全身，让她起疹起泡吧！

丽　甘　啊，天神明鉴，你若是一怒从心头起，不也会一样咒骂我吗？

李　尔　不，丽甘，我不会诅咒你的，你温和的天性不会让你变得粗暴。她的眼神是凶恶的，而你的眼睛却不发出火光，而是给人安慰。你不会吝惜给我乐趣，不会减少我的随从，不会出口说些伤人的话，不会减少我的费用，总而言之，不会对我关上大门；你知道父女的天性，儿女应尽的本分、应有的礼貌和感激之情，你不会忘记我分给你的一半国土。

（内喇叭声）

李　尔　谁给我的差人戴上枷锁的？

（奥瓦德总管上。）

康华尔　为什么吹喇叭？谁来了？

丽　甘　是姐姐来了，她信上说了她就要来的。

（对奥瓦德）夫人来了吗？

李　尔　你这个奴才倚仗着主子的气势来压人。——滚开，狗东西！不要站在我面前！

康华尔　主公这是什么意思？

（高内丽上。）

李　尔　谁给我的差人戴上枷锁的？丽甘，我本来以为你不知道这件事。啊，这是谁来了？天哪！如果你还爱护老人，如果你温和的影响力还希望有人听从，假如你自己已经老了，那就把我的事当作你自己的事，站到我这一边来吧！

（对高内丽）难道你看到这把花白胡子不难为情？

（丽甘和高内丽手挽着手。）

啊，丽甘，你挽着她的手，要和她站在一边吗？

丽　甘　为什么我们不可以手挽手呢，父亲？难道我犯了什么错误吗？不识好歹的指责，偏心袒护造成的错误，难道不该指出来吗？

李　尔　啊，我的腰身怎么还这样硬朗，还支撑得起来？我的差人怎么戴上枷锁了？

康华尔　是我给他戴上的，主公；他太不懂规矩，这样处罚还是便宜了他呢。

李　尔　你？是你给他戴上枷锁的？

丽　甘　我请求你，父亲，既然年老体弱，就要像个体弱的老人，如果你减少一半随从，到姐姐那里住满了一个月，再到我这里来吧：我现在不在家，招待你也不方便，怎能供养你呢？

李　尔　回到她那里去？还要减少五十个随从？那我还需要什么屋顶来遮风避雨呢？还不如和又冷又热的天气打交道，和豺狼鹰犬交朋友吧！缺衣少食会压得我喘不过气来，不过也不会逼得我回到她那儿去。我为什么不去找满腔热血的法兰西国王？他娶了我没有嫁妆的小女儿，我还不如跪在他王座前，像个大臣一样，求他给我一笔养老金，我还可以站着过一辈子贫贱的日子呢！回到她那里去？这不是要我给这个可恶的奴才（指着奥瓦德。）做奴才吗？

高内丽　那就随你的便了，父亲。

李　尔　我求求你，女儿，不要逼得我发疯了，我不会麻烦你的，孩子，再见吧，不，我们不会再见面，不会再在一起了，虽然你还是我的骨肉血亲，我的女儿，——不过，你只是我血肉中的病毒，虽然我不得不承认你长在我身上，但你只是个脓疮，肿瘤，病根，生来败坏我血液的。我也不怪你了，看你自己会不会问心有愧吧。我不会羞辱你，既不会要你挨天打雷劈，也不会向天神告发你，你自己愿意弥补你的过失就弥补吧，有空的时候好好想想，我会和我的一百个骑士在丽甘那里耐心等待的。

丽　甘　哪能这么多人？我还没有想到你就要来，也没准备好怎样接待你呢。父亲，听姐姐的话吧。如果用理智结合感情来说，一定会想到你已经老了，所以——姐姐还是知道怎么办的。

李　尔　你这样说对吗？

丽　甘　我敢说是对的，父亲。怎么，五十个随从，这还不够么？怎么还要更多的人？这么一大堆人既花钱，又危险。他们由两边管，怎能相处得好？太难了，几乎是不可能的。

高内丽 大人为什么不可以由她的仆人来侍候，或者是我的仆人也行呢？

丽甘 大人，为什么不行呢？如果我的仆人敢怠慢了你，你只要告诉我一声，我们一定会教训他的。——现在我倒觉得有点危险——我求你只要带二十五个人就够了；再多，我既没有地方给他们住，也不好安排呀。

李尔 我把一切都给了你们——

丽甘 你给得正是时候。

李尔 让你们照顾我，安排我的事务。只要求保留一百个侍从，怎么，我到你这里来只许带二十五个人？丽甘，这是你说的吗？

丽甘 我还要再说一遍，大人，不能再多了。

李尔 坏蛋比起更坏的人来，反倒算是有好心的，因为他还没有坏到透顶，总有几分好处。——（对高内丽）

那我还是跟你去吧。你让我带五十个人，正是二十五个人的两倍。你的感情也比她多一倍了。

高内丽 听我说，大人，你哪里用得着二十五个人，甚至十个、五个都太多了。家里不是有几倍的人在听候你的吩咐吗？

丽甘 还用得着一个专人吗？

李尔 啊，不要给我谈什么用得着用不着，需要不需要了。最穷的叫花子也需要他用得着的东西，人的生命不能像猪狗一样下贱呀！你是一个贵夫人，贵夫人需要温暖，还要穿着打扮，打扮并不能使你温暖呀！但是你却用得着。——天呀，给我耐心吧，我需要耐心！天神呀，你们看我在这里，一个可怜的老人，又老又苦，老得可怜，苦得也可怜。如果是你们耸动了这两个女儿的心来对付她们的父亲，那就不要让我当傻瓜一样驯善地忍受了。点燃我心中的怒火吧，不要让女人用眼泪做武器来沾污了男子汉的面孔！不，你们两个不通人性的妖精魔鬼，报应会落到你们头上的，全世界都会——我会要他们露出恐怖的面孔！你们以为我会哭吗？不，我不

会哭，虽然我有理由放声大哭，（暴风雨声）
我还没哭，我的心就要崩裂成千万碎片了。
傻瓜啊，我要疯了！

（李尔下，葛罗特、肯特、说笑人随下。）

康华尔　我们进去吧，要刮暴风雨了。

丽　甘　这房子太小，老头子和他的人怕住不下。

高内丽　他这是自作孽，只好自食其果了。

丽　甘　要是他一个人，我倒还乐意安排，但是不能带一个随从。

高内丽　我也是这样想的。葛罗特伯爵呢？

（葛罗特上。）

康华尔　跟着老头子走了，现在又回来了。

葛罗特　王上非常生气。

康华尔　他要到哪里去？

葛罗特　他要人备马，但我不知道他要到哪里去。

康华尔　最好随他的便，他想到哪里去，就去哪里。

高内丽　伯爵，千万不要留他住下来。

葛罗特　哎呀，夜来了。风又大，刮得好厉害，几哩路之内几乎都没有树木可以挡风避雨。

丽　甘　啊，大人，自以为是的人总是自作自受，而且从不接受教训的。关上你的大门吧,他还带着一伙亡命之徒呢,他的耳朵又软,不知道他们会怂恿他干出什么事来。还是谨慎为上,防着点好。

康华尔 关上你的门吧,大人。这是一个狂风暴雨之夜,我的丽甘说得不错:不要跟暴风雨作对!

(众下。)

第 三 幕

第一场

葛罗特伯爵府外荒野

（暴风雨中肯特上，迎面遇见一侍臣。）

肯　特　什么人？怎么不怕这恶劣的天气？

侍　臣　一个心情和天气一样恶劣的人。

肯　特　我认得你。王上现在在哪里？

侍　臣　他正在和狂风暴雨做斗争，要狂风把陆地吹进汪洋大海，或者是呼喊滚滚波涛淹没辽阔的大地，使天下万物不是改头换面，就是彻底消失呢。

肯　特　谁还和他在一起？

侍　臣　只有那个说笑人，他一片苦心，想把他伤心的苦水一笑了之。

肯　特　老兄，我的确记得你，根据我的了解，我要把一个重要的消息交代给你：奥巴尼公爵和康华尔公爵之间有分歧了——虽然他们尔虞我诈，表面上不露声色。但是这些高高在上的大人物哪里少得了趋炎附势的小人？而这些下人正是向法兰西国王通风报信的两面派——这两个公爵的明争暗斗、阴谋诡计，或是对老王的冷酷无情、强硬做法，也许还有更深刻的隐情，那么这些情况只是表面现象了。

侍　臣　我等等再和你谈吧。

肯　特　不行。为了向你证明我的内心比你看到的外表更重要得多，你把这个钱包拿去，（把钱包给侍臣。）并且把钱包里的戒指拿出来。如果你见到柯黛丽，——不必担心，你一定会见到她的，——你就把戒指给她看，她会告诉你这个给你戒指的是什么人。

侍　臣　让我们握手告别吧。你没有更多的话要说了？

肯　特　只有几句比刚才说的更重要的话，那就是：

我们赶快去找王上。——你走那边,我走这边,——要是谁先看见王上,就大声喊叫,让对方听见。

(分下。)

第 三 幕

第二场

伯爵府外远处荒野

（暴风雨中，李尔及说笑人上。）

李　尔　狂风啊，鼓起你的脸颊，用尽你的力气来吹倒一切吧！暴雨啊，喷出你如帘的瀑布来淹没教堂的尖顶，淹死屋顶上的风信鸡吧！发出万丈磷光、比瞬息万变的思想还迅速的闪电，劈开参天橡树的万钧雷霆的开路先锋，像燎原的烈火一样烧焦我满头的白发枯草吧！惊天动地的雷电，把这个高低不平的地球压平吧！砸烂砸碎大自然铸造的忘恩负义的人型吧！

说笑人　啊，老伯伯，与其在野外淋成落汤鸡，还不如在屋里求圣水祝福呢！好伯伯，还是去求求你女儿的圣水吧。风雨之夜对聪明人和对傻瓜都是一样不客气的啊。

李　尔　让天膛雷鸣，喷出烈火，倾出暴雨吧！风雨雷电都不是我的女儿，我不能责怪你们忘恩负义，我既没有分给你们国土，也没有对你们亲热，你们并不欠我一点人情。如果你们以恐怖为乐，那就施展你们吓人的本领来对付一个受虐待的可怜老人吧。不过我还是要说：你们是我两个狠心女儿的帮凶，带领了一班天不怕、地不怕的打手来围攻一个白发老头，这太恶劣了！

说笑人　有房子遮风避雨，就等于有裤子遮阳蔽阴。

头上没有帽子，

下头却有老子。

头上有了虱子，

下头有好色子。

如果看重感情，

好歹就分不清。

如果日夜不分，

  睡醒了也会困。

  哪个女人不对镜子装模作样啊？

  （肯特化装为卡尤斯上。）

李　　尔　不过我要有耐性，要吃得苦中苦，还什么都不说。

肯　　特　那是谁呀？

说 笑 人　一个是人上人，另一个是下半身，一个聪明一个蠢。

肯　　特　哎呀，主公，你在这里呀！连夜游神都害怕的一片漆黑，只有电光闪闪。雷声隆隆，狂风怒吼，暴雨倾天，真是见所未见、闻所未闻，人哪能担得起这样的惊骇，受得了这样的痛苦啊？

李　　尔　伟大的雷神啊，不要把你的震天霹雳降落到好人头上，对准那些坏蛋！发抖吧，丧尽天良却没有受到处罚、没有得到报应的恶人；寻找藏身之处吧，你血污淋漓的罪恶之手，发誓不算数的骗子，假装好人的浑蛋，不认骨肉至亲的孽种；粉身碎骨吧，假冒伪善的恶人，谋财害命的凶手，禁闭在地狱中的罪人，剥掉你们的画皮求饶吧！撒下天罗地网的神灵啊，我可是一个含冤受屈、没有为非作歹的好人呢！

肯　特　哎哟，还露着头呢！大慈大悲的主公啊，附近还有一个茅屋可以挡挡风雨，到那里去躲一下吧。我要到那死硬无情的大宅中去——比构筑大宅的砖石还更冷酷呢，刚才我去探问您的消息，他们却连门都不开。我还要去拼死拼活，叫他们讲点道理。

李　尔　我的头脑开始转过来了，孩子，怎么，冷吗？我也冷了，说来也怪，伙计，用得着的时候，无用的东西也会变成宝贝。到茅屋里去吧！——我可怜的心里还有点可怜你呢。

说笑人　　有点小聪明，

　　　　　就不怕风雨。

　　　　　乐天又知命，

　　　　　风雨随它去！

李　尔　说得不错，孩子，——来吧，找茅屋去！

（李尔及肯特下。）

说笑人　这样冷的夜晚和婊子睡也热不起来。

84

但我还是不说几句预言就下不了台：

  神甫说话都不算数，

  酒里掺水是老师傅。

  财主教裁缝做衣裳，

  不烧异教徒烧情郎。

  审案的大人都不贪，

  富翁欠债穷人做官。

  没有人张口就造谣，

  人堆里面没有小偷。

  有钱人不把黄金藏。

  鸨母婊子都修教堂。

  那时大不列颠帝国

  一片混乱人人难活。

  谁能活到这个时代，

  走路都不用把腿抬？

  哪个人不会说预言？

  我不过比人早几天。

（下。）

第 三 幕

第三场

葛罗特伯爵府

（葛罗特、艾德芒执火炬上。）

葛罗特　唉，唉，艾德芒，这太不近人情了，他们要我不同情主公，不让我随意分配我的住房，甚至要我不再提到主公，不再帮他，不再为他说话，否则，就永远休想得到他们的好感。

艾德芒　这的确是不近情理，太狠心了。

葛罗特　算了，这事不要对别人讲。据说两个公爵意见也不一致，更坏的是，今天晚上我得到一封信——说出来都有危险——我把信锁在密室里。王上受到不当的待遇，那会有报应的；有一部分海军已经登陆了。我们不能做对不起王上的事，我要去找他，私下里去帮他的忙。你去陪陪公爵吧，他若问起我来，就说我不舒服，已经睡了。即使拼了这条命——看来的确是有这个危险——也不能对不起王上老主公呀。看来马上要出事了。艾德芒，要小心点。（下。）

艾德芒 公爵禁止的事你偏要做，我要立刻去报告公爵，还有那封密信的事；看来这是天赐良机，父亲失掉的就要落到我手中了。

老一代如果不下台，

新一代怎么上得来？

（下。）

第 三 幕

第四场

葛罗特伯爵府外荒野中茅屋前

（李尔、肯特及说笑人上。）

肯　特　茅屋找到了，主公，我的好主公，进去吧！这样的狂风暴雨之夜，真叫人受不了。

（风暴继续不断。）

李　尔　不要管我。

肯　特　我的好主公，进茅屋去吧。

李　尔　真是伤心。

肯　特　应该伤心难过的是我，好主公，进去吧。

李　尔　你觉得风暴蹂躏了肉体是痛苦吗？重病在身的人是不会感到轻微伤痛的。如果迎面来了一只大熊,你自然会转身就跑,但后面却是怒涛汹涌的大海,你就会觉得还是面对大熊的危险小一些了。内心没有负担的时候,人对外界才有种种感觉。但我内心的风暴已经使我失去对外的反应了。忘恩负义的女儿,手把食物送进嘴里,嘴会反咬手一口吗?我一定要出这一口气,但是我不哭了。在一个这样的夜晚,居然把我拒之门外!暴雨啊,倾天倒下吧!我不会受不了的。在这样一个夜晚?啊,丽甘,高内丽,你们慈爱的老父好心好意把什么都给了你们,再这样想下去,我真要发疯了,还是不多想吧。

肯 特　好主公,进茅屋去吧。

李 尔　你自己先进去避避风雨好了,这场风暴使我想到还有很多比风暴更吓人的呢。不过,我会进去的。

（对说笑人）不,孩子,你先进去。(说笑人下。)

我要祈祷。(跪下。)缺衣少食的可怜人,

不管是谁，你们怎么经受得住这无情风雨的鞭打煎熬啊？你们无家可归，腹中空空，衣服破烂得开了天窗，怎么受得了这样的天气？啊，我过去太不关心这一切了！豪华富贵的人们，你们也该体会体会穷人痛苦可怜的生活，用多余的东西接济缺衣少食的贫民吧。这才可以显示上天的公平啊。

（艾德卡及说笑人上。）

艾德卡 （在茅屋内）量一量海多深？是一丈还是一咛？可怜的汤姆！

说笑人 不要进来，伯伯，里面有个精怪，帮个忙，帮个忙吧！

肯　特 谁在草堆里抱怨？出来吧！

（艾德卡装疯子上。）

艾德卡 走开，我后面有魔鬼。

　　　　狂风穿过了多刺的荆棘窝，

　　　　哼，不如上床去暖和暖和。

李　尔 难道你也把什么都给了女儿，住到这里来了？

艾德卡　谁会施舍给可怜的汤姆？魔鬼带我穿过了火山烈焰，跨过了泥潭漩涡。把刀放在我枕头下，在我教堂的座位上吊好了绞索，把毒鼠药放在我的粥碗旁，要我骑马过四吋宽的独木桥，把自己的影子当作谋财害命的凶手。谢天谢地，谢谢五官的感觉，汤姆怕冷了！哆嗦，哆嗦，哆嗦，恭喜你逃出了风暴，逃出了魔星的摆布，给魔鬼缠身的可怜的汤姆一点施舍吧。他一会儿东，一会儿西，一会儿在这里，一会儿在那里。

（风暴继续不停。）

李　尔　他的女儿也害得他陷入了难关？你也什么都没有留下来？什么都给了她们？什么也没留给自己？

说笑人　还好，他留下了一床毯子，否则就要出乖露丑了。

李　尔　不管天上倒挂着多少惩罚罪恶的瘟疫链条，都让它们落到你女儿的头上去吧！

肯　特　他还没有女儿呢，主公。

李　尔　该死的说话不算数的人！除了没有良心的女儿，还有什么人会伤害他的肉体到这个地步呢？也许这正是报应，不就是他的肉体生养出这样丧尽天良的女儿的么？

艾德卡　公鸡骑在母鸡背上，压进去，压进去啊！

说笑人　这样冷的夜晚会压得我们装疯卖傻的。

李　尔　你干过什么呀？

艾德卡　自以为通情达理的侍从，卷发的帽子上炫耀着情妇的手套，满足她的情欲，干着见不得人的勾当；说一句话就发个誓，又在光天化日之下说话不算数，睡着了也做风流梦，睡醒了就干下流事，喜欢喝酒，喜欢赌博，玩起女人来胜过土耳其苏丹，虚情假意，耳软手硬，懒得像猪，狡猾得像狐狸，贪得像狼，吼得像狗，凶得像狮子；不倾心于咯吱的鞋子、窸窣的裙子，脚不进窑子，手不摸裙子，笔不写借据，心不碰魔鬼，让冷风吹过荆棘。说什么沙姆、曼姆，不，汤姆我的孩子！让他去他的吧！

（风暴继续不断。）

李　尔　你这样把没有遮拦的身体暴露在狂怒的风雨中，还不如在坟墓里好哩。难道人就是这样的吗？仔细看看：你不如蚕有丝，兽有皮，羊有毛，猫有味。嘿！我们三个都是经过加工改装的人，只有你才是人的本来面目：没有为适应环境而改头换面的人就是像你这样上半身赤裸裸、下半身开了叉的动物啊。去你的，去你的这些身外之物！来吧，解开这些纽扣！

（撕掉衣服。）

（葛罗特手拿火把上。）

说笑人　请伯伯安静点，这样调皮捣蛋的夜里是不好游泳的。看，荒野里一点火就像一个全身冰冷的好色老头子的一颗心，瞧，的确有一团火走来了。

艾德卡　来的是精灵，从天黑走到天明，他带来白内障，使人斜眼睛、咧嘴唇，叫麦子发霉，又迫害穷人。

　　（唱）安眠神三次走过山坡，

　　　　　碰到梦魔和九个喽啰。

> 叫她走开,
>
> 不要再来,
>
> 去你的吧,妖婆!

肯　特　主公怎么样?

李　尔　他是什么人?

肯　特　来的人是谁?你找什么人?

葛罗特　你们在干什么?叫什么名字呀?

艾德卡　可怜的汤姆,吃的是水里的青蛙、蛤蟆、蝌蚪、墙上的壁虎,喝的是水。他心里一急,魔鬼一生气,他就把牛屎做生菜。生吞活剥小老鼠或者水沟里淹死的野狗。喝青苔池塘里的绿水。人家用鞭子把他从东赶到西。或者处罚他,把他关起来;他身上穿过的只有三套奴才的衣服和六件汗衫。

> 有马可骑,有保护主人的武器。
>
> 在那最后的七年里,
>
> 吃的只是老鼠之类的小东西。
>
> 小心我后面的魔鬼,不要让他们捣乱调皮!

葛罗特　怎么主公只和这等人在一起?

艾德卡　阴司也有阎罗王，恶毒、马虎坐公堂。

葛罗特　主公，我们的亲骨肉都翻脸不认亲生的父母了。

艾德卡　可怜的汤姆好冷呀！

葛罗特　同我进去吧。我怎能听从你女儿的严格要求，把你关在门外忍受狂风暴雨的鞭挞呢？我只好冒险来把你们带到有火又有吃的地方去了。

李　尔　让我先和这个有学问的人谈谈吧。

（问艾德卡。）你知道天为什么打雷吗？

肯　特　好主公，答应我，同他进屋里去吧。

李　尔　我要问问这个有学问的希腊人。

（问艾德卡。）你是学什么的呀？

艾德卡　专门对付魔鬼，消灭害人虫的。

李　尔　我还要问你一句，不要让别人听见。

肯　特　（对葛罗特）请你恳求主公快走吧。他的头脑发糊涂了。

葛罗特　这能怪他吗？（狂风暴雨继续吹打。）

他的女儿要他的命。啊，那个好肯特，他早就说过了会这样的，可是他被流放了。你说王上疯了,我要告诉你,朋友,我也几乎要发疯了。我有个亲生的儿子,也给我赶出了门,因为他要害我的命。但是近来,就是最近,我还是爱他的。朋友,哪个父亲不爱亲生的骨肉呢?老实告诉你,我难过得也要发疯、发糊涂了。多么可怕的黑夜啊!

(对李尔)主公,我求求你。

李　尔　你求我了,老兄?

(对艾德卡)有学问的人,同我走吧。

艾德卡　汤姆好冷啊。

葛罗特　(对艾德卡)进去吧,伙计,进茅屋去,里面暖和一点。

李　尔　都进去吧。

肯　特　主公,走这边。

李　尔　同他走,我要和有学问的人同走。

肯　特　(对葛罗特)顺着他,让他同这小伙子走吧。

葛罗特　你带他来吧。

肯　特　老兄,来吧,和我同走。

李　尔　来吧,雅典人。

葛罗特　不要说了,不要说了。
艾德卡　罗兰来到黑塔前,
　　　　说了一遍又一遍,
　　　　血泪涟涟不列颠。
　　　（同下。)

第 三 幕

第五场

葛罗特伯爵府

（康华尔及艾德芒上。）

康华尔　在我离开之前，我要让他知道我是不能得罪的。

艾德芒　那么，大人，人家要怪罪我：为了尽忠而不念父子之情了。

康华尔　我这才看出来：你哥哥要谋害你父亲，不一定是他存心不良，而是你父亲也罪有应得。

艾德芒　我的命真苦，——（拿出信来。）做了好事又要后悔。这就是他说起的那封信，证明他是给法兰西通风报信的。啊，天呀，我真巴不得他没有里通外国，至少轮不到我来揭发他呀。

康华尔　同我去见公爵夫人吧。

艾德芒　如果这封信里说的话真实可靠,那您手头要做的事可是关系重大哪。

康华尔　不管是真是假,反正这已经使你当上葛罗特伯爵了。快去看看你的父亲现在在哪里,我们不能让他就这样脱了身。

艾德芒　(旁白)如果我碰上他伸手帮老王的忙,那就使他的嫌疑更加证据确凿了。——(对康华尔)我会尽心尽力的,虽然这会伤害到我的骨肉之情。

康华尔　我相信你。你会在我的好感中找回你损失的父子之情的。

(同下。)

第 三 幕

第六场

葛罗特伯爵府外屋

（肯特、葛罗特上。）

葛罗特　这里比露天好多了，谢天谢地，总算找到了地方。我再去找些用得着的东西来，不会去太久的。

肯　特　主公的脑力已经让位给他发急的脾气了，老天会报答你的好意的。

（葛罗特下。李尔、艾德卡、说笑人上。）

艾德卡　小魔鬼在叫我，说尼罗这个暴君在他母后的阴湖（阴户）里钓鱼。小心，不懂人事的小子，不要掉到魔鬼的湖里去了。

说笑人　伯伯，请你告诉我疯子是上等人还是下等人。

李　　尔　是个上等的国王。

说笑人　不,疯子是下等人,但他的儿子却成了上等人,所以疯子是眼睁睁看着儿子成了上等人的下等人。

李　　尔　要用一千根烧得火红的铁签来穿过她们的黑心。

艾德卡　你总算是五官清醒了。

肯　　特　天可怜主公吧!你赞不绝口的耐性到哪里去了?

艾德卡　(旁白)我的眼泪也要冲破伪装,快要流出来了。

李　　尔　痛苦、欺骗、讨好,这些恶狗都冲着我狂吠了。

艾德卡　汤姆就要向他们迎头痛击了,去你的吧,恶狗!

　　　　　不管你们白嘴黑嘴,

　　　　　毒牙一咬都会粉碎。

　　　　　不管你看家或跑腿,

　　　　　不管你长毛或短尾,

> 不管你公狗或母狗,
>
> 不管你摆尾或摇头,
>
> 不管你是哭还是笑,
>
> 　一见汤姆都四处逃。
>
> 多嘀嘀嘀,住口!去唤醒城乡市场!
>
> 可怜的汤姆,你的号角怎么吹不响?

李　尔　那就让你的恶狗来解剖丽甘吧!看她心里是什么货色!看天下是什么造成了她这样铁打的心肠!

　　　　(对艾德卡)老兄,你是百里挑一的好人,不过我不喜欢你的打扮,你说是波斯式的,还是换掉吧!

　　　　(葛罗特上。)

肯　特　我的好主公,躺下来歇歇吧。

李　尔　不要响,不要吵,拉上帘子,我要在早上吃晚餐。

说笑人　我要在白天睡大觉。

葛罗特　来吧,朋友,王上我的主公呢?

肯　特　在这里,不要打搅他,他的头脑已经乱了。

葛罗特　好朋友,请你抱着他。听说有人要谋害他,这里有副担架，把他抬到南港去吧，那里欢迎他，会保护他的。如果在这里多待半小时，他和支持他的人都会有危险，还是抬起他来，跟我去个安全的地方吧。

（抬李尔下。）来吧，来吧！（众下。）

第 三 幕

第七场

葛罗特伯爵府

（康华尔、丽甘、高内丽、私生子艾德芒及侍仆上。）

康华尔 （对高内丽）快去见你的夫君，把这封信给他看：（给信。）法兰西的军队已经登陆了——赶快去找葛罗特这个叛徒。（侍仆数人下。）

丽　甘　立刻就吊死他。

高内丽　挖出他的眼珠。

康华尔　我会处理他的。艾德芒，你送我们的姐姐回去吧，我们不得不惩罚你的父亲这个叛徒，但是最好你不在场。你去告诉奥巴尼公爵快

　　　　点做好准备，我们当然不会错过时机的，通报消息要又快又灵通。再见吧，亲爱的姐姐；再见了，我的葛罗特伯爵。

　　　　（奥瓦德上。）

　　　　怎么了？老王找到了吗？

奥瓦德　葛罗特伯爵已经把他送走，有三十五六个骑士是他紧密的跟随者，都在大门口等他，还有几个伯爵的侍从都同他们一起去南港多佛了，那里有他们自称武器精良的友军。

康华尔　公爵夫人的马备好了。

高内丽　再见，亲爱的公爵，亲爱的妹妹。

　　　　（高内丽、艾德芒及奥瓦德下。）

康华尔　艾德芒，再见。——去找葛罗特这个叛徒，把他绑来见我。（侍仆数人下。）

　　　　虽然不走个法律过场我还不能判他死刑，但是我非出这口恶气不可，别人要怪我，又其奈我何！

　　　　（葛罗特及侍仆上。）

　　　　谁来了？是那个叛徒？

丽　甘　不知好歹的老狐狸！就是他。

康华尔　把他有骨头没肉的胳膊绑紧点。

葛罗特　两位尊贵的客人是什么意思？好歹我还是你们的东道主人，怎么能够喧宾夺主呢？

康华尔　绑起来，我说绑就得绑。

丽　甘　绑紧点，绑紧点。啊，对叛徒不能手软。

葛罗特　一个公爵夫人怎么能这样不讲理？我算是对什么人的叛徒呀？

康华尔　把他绑在椅子上。——坏蛋，你就会知道——

（丽甘揪葛罗特的胡须。）

葛罗特　老天在上，怎么能做揪胡子这种下流人干的勾当！

丽　甘　胡子这样白，心却这样黑？

葛罗特　夫人真不像话，你从我下巴上揪下来的胡子也会说话，会向老天控告你的。我是你们的东道主，哪有这样用强盗的手腕来回报殷勤款待？你们要干什么？

康华尔　那好，你近来从法兰西得到了什么信？

丽　甘　简单回答，我们已经知道了事实真相。

康华尔　你和近来在我国登陆的反对派军队有什么

联系？

丽　甘　你把发疯的老王送到谁的手里去了？说吧！

葛罗特　我收到了一封猜测性的信件，但那是一个中立派，并不是反对派寄来的。

康华尔　不要狡辩。

丽　甘　假话不能当真。

康华尔　你把老王送到哪里去了？

葛罗特　送到南港多佛去了。

丽　甘　为什么要送去多佛？你不是明知故犯吗？

康华尔　为什么要送去多佛？让他先回答这个问题。

葛罗特　我是游乐场中绑在木桩上的笨熊，只好任恶狗来狂吠乱咬了。

丽　甘　说，为什么要送去多佛？

葛罗特　因为我不想看到你用残酷的指甲去挖出他可怜的老眼，也不想看到你凶狠的姐姐用野猪般的獠牙去咬伤他神圣不可侵犯的身体。狂风暴雨在地狱般黑暗的深夜里没头没脸地倾盆而下。大海也会用奔腾汹涌的波涛扑灭泪下如雨的星光，但是可怜的老人却让自己的眼睛像星光一样泪水淋漓。在这样鬼哭神嚎的时刻，即使豺狼躲到你门前来避难，你也会对看门人说："打开门来，放它一条生路！"无论多么狠毒的心肠都有不忍下手的时刻，对丧尽天良的儿女，难道报应不会插翅飞来吗？

康华尔　你永远也看不到那一天的。来人！不要让他在椅子上乱动，我要让他的眼睛看看我的鞋底。

葛罗特　谁忍心看他下手做这种没人性的事？没有人能阻止这惨无人道的勾当吗？老天还有眼睛没有？

（康华尔挖空他一个眼睛。）

丽　甘　不能让他一只眼睛哭，一只眼睛笑，两只都要挖掉。

康华尔　你要看到报应——

侍　仆　住手！——（对葛罗特）大人，我从小就是你的助手，但是现在，最好的助手就是要他住手。

丽　甘　你好大的狗胆！

侍　仆　（对丽甘）假如你下巴上有胡子，我也要揪下来。

（对康华尔）你知道你在干什么吗？

康华尔　你这个奴才！

侍　仆　奴才是过去的事，现在要你尝尝我的怒气。

（二人拔剑对打。）

丽　甘　（对第二个侍仆）把你的剑给我。乡下人居然敢这样大胆。

（刺死第一个侍仆。）

侍　仆　怎么来暗杀了！——（对葛罗特）大人还有一只眼睛，可以看到还是有报应的。啊！（死。）

丽　甘　不能让那只眼睛还看见东西！把它也挖出来！

（挖空另一只眼。）

你还能看到光么！

葛罗特　一片黑暗，无依无靠，我的儿子艾德芒呢？艾德芒，让父子之情的火花点燃你的复仇之心吧！

丽　甘　去你的吧，搞阴谋的坏蛋。连你的儿子也恨你了；如果他不揭发，我们还不知道你的诡计呢。难道他会可怜你吗！

葛罗特　啊，我真傻！那艾德卡是蒙冤受屈的了。老天呀，宽恕我，不要让他也走厄运吧！

丽　甘　把他赶出门去，让他摸着路去多佛吧！

（侍仆同葛罗特下。）

夫君怎么看起来不对头呀？

康华尔　我刚才给那奴才刺伤了，夫人，我们走吧。——把那个瞎眼的坏蛋赶走，把这个奴才丢到粪坑里去。——丽甘，我失血又多又快，受伤也正不是时候。你快扶我走吧。

（众下。）

第 四 幕

第一场

葛罗特伯爵府外

(艾德卡上。)

艾德卡 还是这样当叫花子更好:与其听人表面上说好话,背地里说坏话,还不如听表里一致的坏话更好。物极必反,最坏的运气、最被人瞧不起的东西,不是还有好转的机会吗?有什么可怕的呢?最坏的情况只会变得更好,可悲的事情也许会带来欢笑。那么,欢迎你这变化多端的风暴,你已经把我吹到最坏的绝境,你还有什么我没见过的绝招呢?

(葛罗特由老人扶上。)

老 人 好老爷,我做你家的佃户,从老太爷的时候算起，也有八十年了。

葛罗特　去吧，去吧，老伙计，你帮不了我的忙，反而会耽误你自己了。

老　人　你看不见路呀。

葛罗特　我没有路可走，也用不着眼睛了；即使眼睛看得见，我也一样会摔跤的。我们时常看到：富足有余使我们过分自信，有所不足反倒对我们有利了。啊，我的好儿子艾德卡，你是父亲上当受骗、一怒之下赶出门去的好儿子，只要我还能看到你、摸着你，我就要说：我找到眼睛了。

老　人　怎么啦？那里是什么人？

艾德卡　（旁白）啊，天呀！谁能说他已经不幸到了极点呢？我却总觉得现在比过去还更不幸啊。

老　人　是可怜的疯子汤姆。

艾德卡　（旁白）我将来还可能更不幸呢，所以现在说不幸到了极点，其实还没有到底呢。

老　人　伙计，到哪里去？

葛罗特　是个叫花子吗？

老　人　他既是叫花子，又是疯子。

葛罗特　他是叫花子,他既会叫,又会花。昨夜暴风雨中,我也见到一个叫花子,他看起来就像一条虫,那时我就想起儿子来了,不过想得不久,后来又听到他的一些事。啊。我们在神手中,就像孩子巴掌上的小虫,死活都得由人摆布。

艾德卡　(旁白)怎能做这种事呢?在一个受苦受难的人面前装疯卖傻,是既伤人又害自己的呀。——老天保佑师傅!

葛罗特　是那个赤身露体的小伙子吗?

老　人　是的,老爷。

葛罗特　你回去吧。如果你要帮我的忙,那只消再来多佛的路上走个一两哩,请你看在我们老交情的分上,拿点什么东西来遮住他那裸露的身子,让他带我到多佛去就行了。

老　人　哎,老爷,他是个疯子。

葛罗特　疯子带瞎子走路,这不是这个时代流行的事吗?我请你去吧,或者随便怎样都行,只要请你走吧。

老　人　我会把我最好的衣服拿来,管人家怎么说呢！（下。）

葛罗特　好一个剥得精光的小伙子！

艾德卡　可怜的汤姆好冷呀！——（旁白）我不能再装傻了。

葛罗特　来吧，小伙子。

艾德卡　（旁白）怎能不呢？——老天保佑你的眼睛，已经出血了。

葛罗特　你认得去多佛的路吗？

艾德卡　不管大路小路，正门旁门，都吓得可怜的汤姆跑上跑下，跑进跑出，好人的儿子也跑成魔鬼了。

葛罗特　来，把这个钱包拿去，你这个受到天怒人怨、打击迫害、走上穷途末路的倒霉蛋，我这个栽了跟头的人却要扶你一把。老天啊，公平点吧，不要让那些吃喝玩乐、挥霍无度的阔佬藐视天道正法吧！他们张开眼睛却视而不见，因为他们没有感觉，让他们感到分配需要公平，穷奢极欲没有好下场，让每个人都能活下去吧！——你认识去多佛的路吗？

艾德卡　认得，师傅。

葛罗特　前面有一座悬崖，又高又陡，下面就是无底的深海，你只要把我带到那悬崖的边上，我就会把我身上还有用的东西给你，用来弥补你缺衣少食的生活。到了那里，我就不用你带路了。

艾德卡　我来搀住你的胳膊。可怜的汤姆会带你到那里去的。

（同下。）

第 四 幕

第二场

奥巴尼公爵夫妇府外

（高内丽、私生子艾德芒及奥瓦德总管上。）

高内丽　欢迎你来，伯爵；我觉得奇怪：怎么我和蔼可亲的丈夫没有在来路上迎接我们？——公爵呢？

奥瓦德　夫人，他在里面，好像变了一个人似的。我告诉他法国军队登陆了，他只是笑了一笑。我告诉他你们来了，他的回答却是"糟了！"。我说到葛罗特的叛变和他儿子投诚的事，他却说我"糊涂"，说我颠倒是非了。他似乎高兴听到他不应该喜欢的事，却喜欢听对他不利的消息。

高内丽 （对艾德芒）那就不用多说了，这是他胆小怕事的脾气使他束手束脚、怕犯错误，不敢做出斩钉截铁的回答。我们在路上谈到的打算会见效的。艾德芒，回到我妹夫那里去吧，要他快点调集人马。我在家里也得改头换脸，把家务事都交到丈夫手里。这个可靠的总管可以在你我之间做联系——如果你敢作敢当，敢有作为，你就会得到女主人公的恩宠。

（赠纪念品。）带上这个，不要多说，低下头来。

（吻他。）如果这个吻会说话，那就是叫你要有雄心大志，敢于飞上九霄云外，你爱怎么想就怎么想吧。再见了。

艾德芒 为你拼命，我也在所不辞。（下。）

高内丽 我最亲爱的葛罗特伯爵！人与人之间是多么不同！女人就愿为你效劳，虽然有个傻子占了她的枕席之欢。

奥瓦德 夫人，公爵来了。（下。）

（奥巴尼上。）

高内丽　我还不值得你吹个口哨、供你使唤呢。

奥巴尼　啊，高内丽，你只值得大风吹你一脸灰尘。

高内丽　脾气软得像牛奶的男人，你的脸只是挨人掴巴掌的，你的头只是供风吹雨打的，你的眉毛下面没有看得清楚的眼睛，分不清光荣和痛苦。

奥巴尼　看看你自己吧，妖魔！鬼怪的外表还比不上女人内心的险恶哟。

高内丽　啊，徒有其表的呆子！

（信使上。）

信　使　啊，禀告大人，康华尔公爵死了。他正要挖掉葛罗特第二只眼睛的时候，被他的侍仆刺死了。

奥巴尼　葛罗特的两只眼睛都挖掉了？

信　使　他手下的一个侍仆看不惯这样残暴的行为，就拔出剑来要阻止公爵，公爵立刻怒从心头起，也拔出剑来把他杀死在地上，不料他自己却受了致命的一击，就不治而死了。

奥巴尼　这说明天道还是公平的。人间的冤屈这么快就得到了报应。但是啊，可怜的葛罗特，他却失掉了两只眼睛！

信　使　两只眼睛都挖掉了，大人。这里，夫人，是你妹妹公爵夫人的信，她说需要尽快回答。

高内丽　祸事也有好处，但是她一成了寡妇，我的葛罗特伯爵又在她的身边，可能她顺手牵羊，一下就能推翻我构筑的梦想，使我遗恨终生了。不过消息还不算太坏。——等我读了信再说吧。

奥巴尼　他们挖眼睛的时候，葛罗特的儿子在哪里？

信　使　他陪公爵夫人回来了。

奥巴尼　可是他不在这里呀。

信　使　是的，好大人，我来的时候在路上遇见他又回去了。

奥巴尼　他知道挖眼睛的祸事吗？

信　使　唉！好大人，就是他告发他的父亲之后，他才到这里来的，免得亲眼看见他的父亲受罪哟。

奥巴尼　葛罗特，我活一天就要感激你一天，你对王上真是忠心耿耿。我一定要为你失去的眼睛申冤雪恨。——来吧,朋友,还有什么可以告诉我的吗?

(同下。)

第四幕

第三场

多佛附近法兰西军营地

（鼓乐声中，军旗之下，柯黛丽、侍从及士兵上。）

柯黛丽 唉，就是他，刚才还有人看见，疯得像波涛翻滚的怒海，放声高唱又像怒吼的狂风，头上还插满了杂草野花。派哨兵去找他，不管是高产的田地还是荒芜的角落，都要把他找到，送来这里。（一士兵下。）谁能使他恢复神志，我的身外之物，没有什么不可以给他的。

侍　从 那有办法，夫人，安稳的休息是治疗的好方法，很多药草都能使人闭目养神，消除焦虑。

（信使上。）

信　使　禀告夫人，英国军队已经开过来了。

柯黛丽　这个消息早就知道，我们已经准备好了。啊，亲爱的父王，我们发兵就是为了把你救出苦难。我痛哭求援的眼泪感动了法兰西夫君，但是我并没有什么雄心大志，兴师动众只是为了报答父亲的慈爱，不忍心看见他受苦受难，所以才迫不及待地要得到他的消息，见到他的容颜了。（下。）

第 四 幕

第四场

葛罗特伯爵府

（丽甘及奥瓦德总管上。）

丽　甘　我姐夫的军队出动了吗？

奥瓦德　出动了，夫人。

丽　甘　他亲自带领吗？

奥瓦德　看来他不肯花工夫，倒是您姐姐更像个带兵的。

丽　甘　艾德芒伯爵有没有和你家公爵谈话？

奥瓦德　没有，夫人。

丽　甘　我姐姐的信和伯爵有什么关系？

奥瓦德　不知道，夫人。

丽　甘　真的，伯爵是干重要事情去的。挖了葛罗特的眼睛还让他活着，这实在没有道理。他随便走到哪里，都会煽动人心来反对我们。我想艾德芒是不忍心看到他活着受罪，去了结他暗不见天日的生活的；更重要的也许是打听对方的实力。

奥瓦德　夫人，我奉命要去把信交给他了。

丽　甘　我们的军队明天就出发，你不如明天再走吧，路上有危险呢。

奥瓦德　夫人，我不敢耽误我家夫人要我去办的事。

丽　甘　她为什么要给艾德芒写信？难道不能由你带个口信吗？看来大约有什么不可告人的事，要是你能让我拆开信看看，那就感激不尽了。

奥瓦德　夫人，我不敢——

丽　甘　我知道你家夫人不喜欢她的夫君，这点我敢肯定，她最近在这里的时候，对高人一头的艾德芒也是又送媚眼，又眉目传情的。我知道你是她的心腹。

奥瓦德　我吗，夫人？

丽　甘　明人不说暗话。你是的，我知道得一清二楚，因此我劝告你：要注意这一点。我的丈夫已经死了，艾德芒和我已经谈过，因此他和我结合比和你家夫人要合适得多；其余的你可以想象得到。如果你见到艾德芒，请把这交给他，（给他一件信物或一封信。）等你把我的话告诉你家夫人之后，请她放聪明点！你去吧。如果你得到那个瞎眼老贼的消息，那就把他干掉，少不了你的重赏。

奥瓦德　但愿我运气好，夫人，我会知道站哪边的。

丽　甘　再见吧。

（二人下。）

第 四 幕

第五场

多佛附近

（葛罗特及艾德卡穿农民服上。）

葛罗特　什么时候我才能到山顶呢?

艾德卡　你正在往上爬；瞧，我们多费劲。

葛罗特　我却觉得像在平地上一样。

艾德卡　陡得厉害呢。听，你听见海水汹涌澎湃吗?

葛罗特　没有，的确没有。

艾德卡　那么，你的眼睛失明，耳鼻口舌也不灵了。

葛罗特　也许是吧。的确，我觉得你的声音也变了，你说的话、用的词，都和以前不同了。

艾德卡　你听错了吧，除了衣服，我什么也没有变呀。

葛罗特　我觉得你说话听得更清楚了。

艾德卡　来吧，师傅，这就要到了，站稳点！多吓人啊，简直叫人头晕。你把眼睛向下看！在半空中飞的乌鸦小得像甲虫。半山腰悬着的采药人似乎在玩命！看起来还没有一个人头大。在海滩上走的渔夫像小老鼠，大船成了小艇。小艇成了浮标，小得几乎看不见了。也听不见波浪冲击沙砾的声响，我不敢再看下去。否则，天昏地转，我要倒栽下去了。

葛罗特　带我到你站的地方去。

艾德卡　让我来搀你，你现在离悬崖只有一步。随便你把什么给我，我也不能再向前走了。

葛罗特　放开我的手吧。朋友，我这里还有一个钱袋，袋里有块宝石，够一个穷人用一辈子的了；天神啊，天仙呀，祝福得到宝石的人好运吧！你走远一点，我们再见吧，我要等你走远了再走下一步。

艾德卡　那么再见了，好师傅。

葛罗特　我全心祝福你。

艾德芒　（*旁白*）我这样骗他，只是为了救他哟。

葛罗特　（*跪下祈祷。*）无所不能的天神啊，我就要离开人世，在神明的眼下摆脱我难以忍受的痛苦了，如果我还能再忍受下去，不和不可违抗的命运做斗争，那上天赋予我生命的火花迟早也是要熄灭的。如果艾德卡还活着，祝福他吧！——现在，小伙子，再见了！（向前一跳，摔倒在地。）

艾德卡 走吧，师傅，再见！——（旁白）我不知道：人能不能自愿地剥夺自己的生命。假如他真像他所想象的那样身在悬崖之上，那他就没有命了。但是现在，他是死了还是活着呢？——喂，先生，你听见吗？先生，你说话呀。——他会不会真的死过去了？还好，他又活了过来。——（用陌生人的口气问。）你是什么人，先生？

葛罗特 走开，不要管我，让我死吧！

艾德卡 你难道是蜘蛛吐的丝，天鹅身上的羽毛，或者只是一团空气，先生，——怎么你从万丈悬崖上摔下来，却没有伤筋断骨，也不像鸡蛋一样砸得稀烂，却还在大口呼吸？你结实的身体没有受伤，没有流血，还能说话，这样健康，要知道你摔下来的悬崖，十根桅杆接起来也量不出它的高度啊。你却从崖顶上笔直摔下，能活着真是一个奇迹。你说说看。

葛罗特　我是摔下来的吗？恐怕不是吧？

艾德卡　你就是从这片白浪滔天的海边悬崖顶上摔下来的，你往高处看看，那歌声响彻九霄的云雀都飞得看不见、听不到了。你抬头看看呀。

葛罗特　唉，我没有眼睛了，无可奈何地被剥夺了看的权利，难道我要用死亡来结束生命也不可能吗？本来我还希望用自己的苦难来避免一场残酷的迫害，使暴虐的主子不能为所欲为，难道这又是落空了？

艾德卡　（扶起葛罗特。）让我扶你起来吧。现在怎么样了？你的腿有没有感觉？能够站起来吗？

葛罗特　还好，还好。

艾德卡　这简直是超乎想象了。刚才在悬崖顶上和你分别的是什么？

葛罗特　是个又可怜又倒霉的叫花子。

艾德卡　怎么我在悬崖下面看见的,却是像满月般的两只眼睛、有一千个鼻孔的鼻子、头上长满了弯弯曲曲像怒海波涛似的长角呢?那一定是个魔鬼。因此,走好运的老爸,你要谢天谢地,感谢无所不知、无所不见的神明,只有超凡入圣、无所不能的神明才能保佑你从万丈悬崖上掉下来而平安无事啊。

葛罗特　我现在想起来了。从今以后,我一定要忍受痛苦,一直等到折磨够了才罢。你刚才说到的魔鬼,我本来还以为是个人呢,怪不得他嘴里老说"魔鬼魔鬼"了。就是他把我带到那个悬崖上去的。

艾德卡　不要糊糊涂涂,要花时间想想。

（李尔满身野花杂草上。）

那是谁来了?要是思想没有负担,怎么会那样疯疯癫癫?

李　尔　他们不敢因为我高声喊叫就碰撞我,我还是国王呢。

艾德卡　看了叫人伤心。

李　尔　在这方面人工不如天然。这是给你招兵买

　　　　　马的钱。那家伙弯弓射箭像个稻草人。你能射一支三尺长的箭吗？瞧，瞧，一只老鼠！快，快，这块奶酪就行。这是我铁拳的手套，我要叫那个大个子尝尝我的厉害，把古铜箭拿来，啊，你飞得比马还快，正中靶心，正中靶心。呼哨一下，你知道口令吗？

艾德卡　马跳栏。

李　尔　通过。

葛罗特　这个声音好熟。

李　尔　哈？高内丽怎么长白胡子了？他们告诉我：我的黑胡子还没长出来就先变白了。跟着我说"是"和"不是"的人并不知道我的意思。一旦雨淋湿了我一身，风吹得我打哆嗦，雷声震得我耳聋眼花，那时我才发现了他们真正是什么人，闻出了他们真正的气味。去你的吧，他们并不是像他们所说的那样言行一致的人，他们说我什么都好，这是撒谎，我并不是不怕冷、不怕热的呀。

葛罗特　这说话的声音我听到过。那不是王上吗？

李　尔　对，从头到脚都是一个国王，我一瞪眼，瞧！臣子都发抖了。我免了那个人的死刑。他犯了什么罪？通奸？那不是死罪。为通奸就判死刑？不行。鹪鹩不就公开寻欢做爱吗？金头苍蝇还当着人面作乐呢。让寻欢作乐百无禁忌吧。葛罗特的私生子对他的父亲还比我在床上合法生出来的女儿更好呢。多生几个吧！越多越好，管他婚生私生，我正缺少兵来打仗呢。瞧，那个装模作样的女人，她的脸孔似乎预告她的两腿之间冰清玉洁，假装品德高尚，一听见寻欢作乐的话就摇头，但是情欲发作起来，她把野猫母马都远远抛到后头去了。就像那半人半马怪：她上半身虽然是女人，是上帝的作品，腰身以下却继承了妖魔的遗产；下面只是地狱，只有漆黑一片，只有磷光闪烁的火坑，烧得焦头烂额，臭气熏天，腐朽遍地。去你的吧！呸，呸！啪，啪！药店的好老板，卖给我一两麝香，我要熏掉思想上的臭气。这是给你的钱。

葛罗特　啊，让我吻吻你的手。

李　尔　等我先把手擦干净,手上还有臭味呢。

葛罗特　天生的好东西也给人毁坏了,这个大世界就要这样毁掉了。你还认得我吗?

李　尔　我还清楚地记得你的眼睛。你还斜着眼睛看我吗?你爱怎么办就怎么办,盲目的爱神,我是不会再爱人的了。读读这封挑战的信,看看它是怎样写的!

葛罗特　即使信上每个字都像太阳一样明亮,我也看不见了。

艾德卡　(*旁白*)假如听到别人这样说,我都不会相信。现在亲眼看见,叫我怎能不心碎?

李　尔　读信吧。

葛罗特　怎么,有眼无珠能用眼眶读吗?

李　尔　啊,嗬,你是和我在一起吗?头上没有眼睛,钱包里没有钱。你的痛苦太沉重了,你的钱包却又太轻。不过你还可以看清楚这个世界的真面目啊。

葛罗特　我只能够猜到。

李　尔　怎么,你疯了吗?没有眼睛的人一样可以看清世界,你可以用耳朵来看:法官怎样审判一个小偷。如果他们换个位置，你能说得出谁该审判谁吗？你见过农夫的狗对着乞丐嚎叫吧？

葛罗特 见过，主公。

李　尔 那个叫花子就给狗吓跑了。这一下你就可以看到权力的高大形象了：狗仗人势也可以把人吓跑。教区里好色的贪官，放下你手中血淋淋的鞭子！你干吗要打那个婊子？该挨鞭子的是你自己的背脊，你好色的热情使她沦落为娼，怎么你倒反而打起她来了？放高利贷的大官却把小偷小摸的毛贼吊死，破衣烂衫就是罪恶的象征，锦衣华服却可以掩盖卑鄙无耻的勾当。罪恶一镀金，法律的长枪短剑都无可奈何，纷纷败下阵来。如果衣衫褴褛，拿一根稻草都能够刺入皮肉。你能说谁错了呢？谁也没错，我敢说谁也没错；我可以给他们武器。拿去吧，我的朋友，有权有势的被告就可以封住原告的嘴，戴上你的玻璃眼睛吧，一个卑鄙无耻的阴谋家可以看出凡夫俗子看不到的本来面目。好了，好了，好了，脱下我的长筒靴来，用力点，用力点！好了。

艾德卡 （旁白）胡言乱语倒说出了事实真相，一片疯话却大有道理啊。

李　尔 如果你要为我的命运痛哭，就用我的眼睛去流泪吧。我和你很熟啊，你的名字是葛罗特，你一定要忍耐，我们呱呱坠地的时候，第一次闻到空气的气味就哭了。我来向你传教布道吧，你且听着。

葛罗特 唉，唉，这日子！

李　尔 我们一生下来就哭，因为走上了这个傻瓜的大舞台。这是一顶好毡帽。把毡子钉到马蹄上倒是一条妙计：我要偷偷地把马队冲进我女婿的营帐，然后就杀，杀，杀，杀，杀！

（柯黛丽的侍臣上。）

侍　臣 他在这里。敬礼！——主公，你最亲爱的女儿——

李　尔 没有人来救我？怎么，我成了犯人吗？难道我是命运玩弄的傻瓜？对我好一点，你会得到赎金的。给我找外科医生来。我的头已经受伤了。

侍　臣　你要什么就会有什么。

李　尔　没有帮手？一切自己动手？这要把人哭成泪人儿了。用他的眼泪去灌菜园子吧。我会死得像个沾沾自喜的新郎。来吧，来吧，我是国王，师傅，你知道吗？

侍　臣　你是皇家的君主，我们都唯你之命是听。

李　尔　那就还有活路。来吧，如果你看到了活路，那就要趁快跑上去。快呀，快呀，快，快！

（跑下。侍从随下。）

侍　臣　即使是个可怜人到了这个地步，看了也会叫人难受，何况是个国王！幸亏你还有个女儿念着你对她的恩情，要把你从两个狠毒的姐姐手里救出去。

艾德卡　欢迎你来，好先生。

侍　臣　先生，有话就请说吧。

艾德卡　先生，你听到有打仗的消息吗？

侍　臣　肯定要打起来，这是大家都知道的，凡是有耳朵的人都听到消息了。

艾德卡　但是能不能告诉我：对方的军队离这里还远吗？

侍　臣　主力军已经遥遥在望，个把小时就可以到了。

艾德卡　谢谢你，先生，我的话问完了。

侍　臣　虽然王后有她的理由还要待在这里，但是她的军队已经开过来了。（下。）

艾德卡　谢谢，先生。

葛罗特　好心好意的天神呀，让我停止呼吸吧。不要引诱我迫不及待地走上自尽的邪路！

艾德卡　老师傅，你的祷告真是深刻。

葛罗特　好先生，告诉我你是什么人。

艾德卡　一个可怜虫，受惯了命运的打击，学会了俯首听命，经历过多愁善感的苦难，孕育着丰富的同情心。让我搀住你的手，带你去一个住的地方吧。

葛罗特　衷心感谢，但愿老天开眼，多多施恩赐福，好心总有好报。

（奥瓦德总管上。）

奥瓦德　重赏捉拿的反贼！好运气来了。你这个没有眼睛的脑袋似乎是为了我发财才长出来的。

　　　　　你这个倒霉的反骨头，不要忘了你的罪恶。我的剑已经拔出来了，你就准备受死吧！
葛罗特　现在，支援我的胳膊，加一把劲吧。
　　　　（艾德卡插身在二人之间。）
奥瓦德　好大胆的乡巴佬，你难道要支持一个犯上作乱的反贼？让同样的命运落到你的头上？放开他的胳膊！
艾德卡　（用西部口音。）你没有更多的说明，我就不能放手。
奥瓦德　放手，奴才，否则我就要你的命！
艾德卡　老兄，你走你的路，让可怜人走他自己的路吧。假如吹牛皮的大话也能吓唬人的话，那我早在半个月前就该吓得没命了。不要过来，不要走近这个老人，你走开点，我警告你，否则你就要尝尝到底是你的脑袋硬，还是我的铁棍硬。莫怪我不客气了。
奥瓦德　滚开，粪蛋！
艾德卡　我要打得你的牙齿落地，老兄，来吧，不管你的剑多么锋利。
　　　　（二人交锋。）

奥瓦德　奴才，你打死我了！浑蛋，把我的钱包拿去吧。要是你想过上好日子，就把我好好埋葬。我身上还有一封信，你拿去送给葛罗特伯爵艾德芒吧，他现在在英国军队里。啊，真倒霉，我要死了。(死。)

艾德卡　我知道你是什么人，一条唯女主人之命是听的走狗，她若为非作歹，你就无恶不作了。

葛罗特　怎么，他死了？

艾德卡　坐下来吧，老师傅，歇一会儿，我来搜搜他的衣袋，他说有一封信，说不定对我们还有用处呢。他死了，可惜不是死得其所。等我拆开信来看看。(拆信。)

封信的蜡印啊，不要怪我拆信不合规矩。不看对方的信，怎能知道他们的心呢？那么，拆开他们的信也就不算不合法了。

(读信。)"把我们的山盟海誓牢记在心吧。你有很多机会可以切断他的生命线，只要你有这颗真心，时间地点都可由你自己选择。如果他胜利归来，那我们一切都会成为泡影，我会成了囚犯，他的卧床会成为我的监牢。把我从他那热气腾腾但不温馨的怀抱里救出来,用你的力量来取代他的位置吧!你的多情善感的(我想说是你的夫人)高内丽"

啊,好不要脸的女人!居然想要谋害自己高尚的丈夫。还要我的兄弟取代他的位置。我要用沙土把这个阴谋未遂的送信人埋葬,等到时机成熟,再让险遭暗算的公爵知道真情吧。这样可能更好。

葛罗特 王上疯了,我不安的感觉不断缠绕心头,怎么也摆脱不了这沉重的悲哀。还不如疯了好,那思想才能脱离忧伤,才可忘掉错误的想象给我造成的痛苦。

(远处鼓声)

艾德卡 让我扶住你吧。我仿佛听到远处的鼓声了。我要给你找一个好地方去歇歇。

(同下。)

第四幕

第六场

多佛附近法军营帐

（柯黛丽、肯特及侍臣上。）

柯黛丽　啊，我的好肯特，要怎样我才能报答你的好意呢？我的生命太短了，多少时间也不够酬谢你的功德。

肯　特　夫人，得到你的认可已经是过多的报酬了。我报告的不过是简单的事实真相而已，既没有增添，也没有剪裁。

柯黛丽　去换上好衣服吧：这些破衣烂衫只是苦难时刻的见证。请你脱下来吧。

肯　特　对不起，亲爱的夫人，过早暴露我的本来面目会使我实现不了我原定的计划；我觉得最

　　　　　好还是先不要认我，到了合适的时间，我会说出来的。

柯黛丽　那就照你的意思办吧，好伯爵。——王上怎么样了？

侍　臣　夫人，他还睡着呢。

柯黛丽　啊，仁慈的天神，治好这个生性慈爱的人所受的创伤，让这个受到孩子虐待的父亲从错乱的神志中恢复过来吧。

侍　臣　敬请夫人指示，王上已经睡了多时，是不是可以唤醒他了？

柯黛丽　根据你们所知道的，该怎么办就怎么办吧！他是不是换了衣服？

（李尔坐小车中，由侍仆推上。）

侍　仆　夫人，在他睡着了的时候，我们给他换了衣服。等我们唤醒他时，希望你在身边，免得他会着急。

柯黛丽　啊，我亲爱的老父亲，但愿我的嘴唇是使你恢复健康的良药，让我这一吻把我两个姐姐强加在你身上的迫害消除得无影无踪吧！

肯　特　好一个仁慈的公主！

柯黛丽 即使你不是她们的父亲,你这满头如雪的白发也该打动她们的同情心啊。这样仁慈的老脸怎能经受得起风暴的吹打?即使是咬过我的恶狗在这样的黑夜里,我也会让它躲到我的炉边来。而可怜的老父亲,你怎么和猪狗一起待在稻草堆里呢?唉,唉!你的生命和头脑没有消失得无影无踪,简直是一个奇迹啊!——他醒了,和他说说话吧。

侍　臣 夫人,最好还是您说。

柯黛丽 父王怎么样了?感觉好些了吗?

李　尔 你错了,不该把我从坟墓里拉出来的。你是有福气的,我却是绑在火轮上的罪人,眼泪已经像熔化了的铅水一样流出来了。

柯黛丽 父王还认得我吗?

李　尔 你是一个幽灵。什么时候死的?

柯黛丽 看来离好人还差得远呢。

侍　臣 他还没有完全醒过来,等等也许好些。

李　尔 我从哪里来的?现在又在哪里?这是大白天吗?对我太阴险恶毒了!即使看到对别人这样,我也要难过死的。我真不知道怎样说好。我不敢认这双手是我自己的。等我试一试看：用针刺我一下，我还觉得痛呢。但愿我能肯定这是真实情况！

柯黛丽　啊，瞧瞧我，父亲，用你的手摸摸我的头，为我祝福吧！千万不能跪下！

（阻止他下跪。）

李　尔　请你不要拿我开心。我不过是个傻老头，八十多岁了，不多也不少。说实话，我怕我心里有毛病。我看我应该认得你，也认得这个人，但是我不敢肯定。因为我还搞不清楚这是什么地方，我尽力想，也想不起这身衣服是怎么来的，也记不清昨天在哪里过的夜。不要笑我，我还知道我是个人，而这位夫人像是我的女儿柯黛丽。

柯黛丽　正是柯黛丽，正是。

李　尔　你的眼泪是湿的吗？是的，的确，我请你不要哭了。如果你要我喝毒药，我也会喝的。我知道你不喜欢我，因为你的两个姐姐，我记得，她们对我不起。你如果怨恨我，我觉得你有理由，但是她们没有。

柯黛丽　我没有理由，没有理由。

李　尔　我是在法国吗？

柯黛丽　是在你自己的国家，父亲。

李　尔　不要瞒我。

侍　臣　放心吧，好心的王后，他的疯癫已经好得多了，你看，让他进去歇歇，不要打扰他了，等他好些再说。

柯黛丽　请父王进去吧。

李　尔　你一定要原谅我，现在就请你忘记吧，宽恕吧，我是又老又糊涂了。

（同下。）

第五幕

第一场

多佛附近英军营帐

（旗鼓开路,艾德芒、丽甘、侍卫及士兵上。）

艾德芒 （对一侍卫）你去了解一下:公爵是不是按照原定计划行动,会不会听了什么建议又改变路线?他是个左思右想、摇摆不定的人。希望他拿出不会改变的最后决定来。

（侍卫下。）

丽　甘　我姐姐的信使一定是耽误了。

艾德芒　夫人,的确令人怀疑。

丽　甘　现在,亲爱的爵爷,你明白了我对你的心意,请你老实告诉我,——一定要说真心话,——你是不是爱我姐姐?

艾德芒　只是敬爱。

丽　甘　你从来没有走进我姐夫的禁区吗？

艾德芒　当然没有，夫人，我用名声担保。

丽　甘　那是我不能允许的，亲爱的爵爷，你不能和她亲热。

艾德芒　不必担心。她同丈夫公爵来了。

（旗鼓开路，奥巴尼、高内丽及士兵上。）

奥巴尼　亲爱的妹妹，我们又见面了。伯爵，听说王上到小妹那里去了，还有一些官逼民反的百姓也去了。

丽　甘　为什么这样说呢？

高内丽　我们联合起来对付敌人，这些内部纠纷就不必在这里谈了。

奥巴尼　那我们就去和经验丰富的老手商量如何进行吧。

丽　甘　姐姐，你也和我们一同去吗？

高内丽　我不去了。

丽　甘　不碍事的，姐姐，请你和我们同去吧。

高内丽　（旁白）我知道你心里的打算。——那就去吧。

（齐下。奥巴尼独留台上。艾德卡化装上。）

艾德卡　如果大人不嫌弃穷苦人，请听我说一句话。

奥巴尼　我会赶上你们的。——说吧。

艾德卡　（给信。）在开战前，请先读这封信，如果你胜利了，请吹号角传呼我来。我看起来不显眼，但我可以找人来证明信里所说的事。如果你失败了，那就一切阴谋诡计都会落空。祝你好运吧！

奥巴尼　等我读了信再走吧。

艾德卡　不行，等你读完了信，只消吹一下传呼号，我就会再来的。（下。）

奥巴尼　那就再见了。

（艾德芒上。）

艾德芒　大敌当前，赶快调集兵力吧。（取出文件。）这是经过周密调查，发现他们的实际兵力。请你赶快调兵遣将吧。

奥巴尼　我们不会耽误时间的。（下。）

艾德芒　对这两姐妹我都发过海誓山盟，但是她们互相妒忌害怕，就像被蛇咬过的人怕蛇影一样，我要她们当中的哪一个，或者两个都要，还是两个都不要？如果她们两个都活着，那我就一个也享受不到。如果我和寡妇结合，她姐姐会气得发疯；但是姐夫还在，我怎能和姐姐成对呢？何况现在打仗还得靠他。还是等到打完了仗，让他的女人来解决他吧。他还想免了李尔和柯黛丽的罪。但是

仗一打完，他们就会落到我们手中。

决定我地位的不是讨论，而是行动。（下。）

第 五 幕

第二场

多佛战场附近

（幕后进军号声。旗鼓开路，李尔、柯黛丽及士兵上，然后又下。艾德卡及葛罗特上。）

艾德卡 老伯，把树荫当作家，在树下歇歇吧。但愿好人得到胜利，如果我能再来看你，就会有好消息了。

葛罗特 老天保佑你。（艾德卡下。）

（幕后进军号声。后响退兵号声。）

（艾德卡上。）

艾德卡 走吧，老伯！我来搀你的手。走吧，李尔王败了，他们父女都成了俘虏。让我搀你的手，我们走吧。

葛罗特　不走了，就是死，尸首也要留在这里！
艾德卡　怎么，老想法又复活了？生也罢，死也罢，人都做不了主，还是听天由命吧。
葛罗特　你说的也有道理。（同下。）

第 五 幕

第三场

多佛附近英军营帐

(旗鼓开路,艾德芒率将士俘李尔及柯黛丽上。)

艾德芒 将士们,把俘虏带走,好好看守,看上级乐意如何处理,我们再遵命执行。

柯黛丽 我们并不是头一个好心没得好报的人。为了受到迫害的父王,我反而被打败了。本来我是不把命运的冷眼放在眼里的。现在,我们要不要见你的两个女儿,我的两个姐姐呢?

李　尔 不要,不要,不要,不要。来,我们坐牢去。我们两个要像笼中鸟一样放声歌唱,如果你要得到祝福,我会跪下来求你宽恕;我们就要这样生活，这样祷告，这样歌唱，这样老调重弹，嘲笑镀了金的纸蝴蝶，听可怜的歹徒议论宫廷的消息，我们也要和他们议论谁是谁非——谁胜谁败？谁入围，谁外放？——仿佛我们是天神派下凡来了解世界大势的耳目。我们在四壁高耸的监牢里活得比那些随着月出月落而起伏的大人物还更天长地久。

艾德芒　把他们带走。

李　尔　像我们这样的牺牲品，天神也会焚香欢迎的。我抓到了你吗？谁想分开我们，就得从天上盗火来熏狐狸出洞了。擦干眼泪吧。时候一到，不等我们哭，他们就会连皮带肉都给吃掉的，就让他们饿死吧。

（李尔、柯黛丽被押下。）

艾德芒　过来，队长，你听我说：（把文件交给他。）带着这个文件到监狱去。我已经升了你一级，如果你按照文件的秘密指示去做，就会大有前途的。要知道：一个人要识时务，心慈手软的人就不配舞刀弄剑了。你重要的任务不容许你多问，你要么答应干，要么就走别的路去发财吧。

队　长　我愿意干，大人。

艾德芒　那你就照文件去办，祝你好运！听我说，你要立刻按照秘密指示去做。

（队长下。）

（喇叭声中，奥巴尼、高内丽、丽甘及士兵上。）

奥巴尼　伯爵，你今天的表现不愧为勇将的后代，而命运也乐于对你照顾。你已经俘虏了战事对方的大人物，我现在要求你把他们交出来，以便根据他们的功过，还要考虑我们自身的安全，才好决定如何处理。

艾德芒　我认为可怜的老王年高位尊，容易使一般臣民心向往之，可能会引起士兵反戈对付我们，所以已经把他们看管起来。为了同样的理由，王后也交人看管了。他们明天或晚些时候就可以出庭听候审理了。

奥巴尼　伯爵，请你耐心听着：在这场战事中，你只是我和我妹夫的部将，而不是我的妹夫。

丽 甘	这正是我想要加给他的称号。我想你在发表这种言论之前,应该先问问我的意见。他带领我的军队,接受了我个人和我的身份所赋予的任务。那也可以站直腰杆,像你妹夫一样和你称兄道弟了吧!
高内丽	不要说得太亲热了,他取得的地位是靠他自己的功劳,并不是靠你赋予他的任务。
丽 甘	我有权利封赠,他无论比起谁来也是毫无愧色的。
高内丽	他要是做了你的丈夫,那才能没有愧色呢。
丽 甘	笑话往往会变成预言的。
高内丽	算了,算了,你歪眉斜眼,已经说明心不正了。
丽 甘	夫人,我不舒服,否则,我一肚子脾气都会发到你头上来的。——(对艾德芒)将军,我的军队、俘虏、产业连我本人都交给你支配了:我打开城门向你投降,全城都是你的了。我要让全世界都看到:你要成为我的丈夫和主子。
高内丽	你想和他同床共枕吗?

奥巴尼　可惜答应不答应,权不在你手上。

艾德芒　也不在你手上呀,大人。

奥巴尼　你这个私生子,我就有权管你。

丽　甘　(对艾德芒)命令击鼓,宣布我让位给你了。

奥巴尼　且慢!先听我讲:艾德芒,你同这条金皮毒蛇(指高内丽。)企图谋反,害我性命,我逮捕你们了。至于你让位的要求,我的好妹妹,我用我妻子的名义来禁止,因为接受做你丈夫的人,已经偷偷地接受了你姐姐的婚约,不能犯重婚罪了,因此,作为她的丈夫,我宣布你的让位无效。如果你要结婚,那就嫁给我吧,因为我的妻子已经背叛我了。

高内丽　真是一场闹剧!

奥巴尼　葛罗特,你已经武装起来了。吹喇叭吧!要人出来揭穿你的身份,揭露你谋反的各种罪行。我挑战了:(把手套掷地上。)不等我吃面包,就要当众证明你是一个不折不扣、无恶不作的反贼。

丽　甘　我病了,啊,病了。

高内丽 （旁白）你若不病，那就是我的毒药不灵了。

艾德芒 （把手套掷地上。）我迎战：看世界上有什么人敢说我是反贼，那他一定是个说谎的浑蛋。吹喇叭吧，看看谁敢出面，我会向他、向你、向任何人说明真相，证明我不可侵犯的荣誉。

（传令官上。）

奥巴尼 传令官来了，好！——

（对艾德芒）现在，你只好单人匹马作战了。你的兵马都是用我的名义征集的，现在又用我的名义全部解散了。

丽 甘 我病得厉害了。

奥巴尼 她病了，送她到我帐中去。（送丽甘下。）

来，传令官，吹喇叭宣读告示吧。

（吹喇叭声）

传令官 （宣读告示。）军中任何级别地位的人员，凡能证明艾德芒不是合格的葛罗特伯爵，而是一个罪恶多端的反贼，可以在第三次喇叭声中出场；他可以自由发言。

（第一次喇叭）

再吹!

（第二次喇叭）

再吹!

（第三次喇叭。幕后喇叭回应。）

（艾德卡全副武装上，头盔面甲遮住脸孔。）

奥巴尼　问清他的意图，为什么应喇叭声而来？

传令官　你是什么人？你的姓名、身份、地位？为什么响应喇叭的召唤？

艾德卡　我的名字已经被阴谋的毒牙咬得粉碎稀烂，不过比起我来对付的对头来，我还是要高出一头。

奥巴尼　你的对头是谁？

艾德卡　那个冒充葛罗特伯爵的艾德芒。

艾德芒　我正是艾德芒，你有什么话要说？

艾德卡　拔出你的剑来。如果我说的话冒犯了一个高尚的人，你的武器可以为你挽回你的荣誉；我的武器已经准备好了。听着，这是我的权利，——有荣誉的骑士都有权利，——我的誓言和我的职责。我要当众宣布，虽然你有力量、地位、青春、显赫的家世，虽然你的宝剑刚取得了胜利，交上了如火如荼的好运，你有胆量，有野心，但是我要宣布你是一个反贼，不忠于天神，不忠于你的兄长和你的父亲，你阴谋反叛德高望重的君主。你从头到脚，甚至从头顶一直到脚下的尘土，都是一个披着癞蛤蟆皮的满身疮痍的反贼。如果你敢说个"不"字，我这把宝剑、这只胳臂，还有我的全副精力，都会证明你有多么狠毒的心肠，都会证明你在当众撒谎。

艾德芒　按照常理，我应该问你的姓名，但是你的外表看起来好武爱斗，你的舌头吐出来的都是流血的呼声，我为了方便而且说得过去，暂时把骑士决斗的规矩放到一边，我要满不在乎地把你强加在我头上的罪名一一奉还，让它物归原主，落回到你头上，让这个地狱也憎恨的谎言淹死你狠毒的心肠。但是这些罪名还在冷眼旁观，没有伤你一丝一毫，那我的宝剑就不能客气，要给这些罪名开路，名副其实地永远落到你的头上。（拔剑。）喇叭，吹起来吧！

（喇叭声中，二人决斗。艾德芒倒地。）

奥巴尼　饶他一命，饶他一命！

高内丽　决斗有诈，葛罗特，按规矩你可以不接受一个无名对手的挑战。你不是打败了，而是上当受骗了。

奥巴尼　闭上你的嘴巴，女人！要不然，我就要用这封信把你的嘴巴堵上。——等一等，骑士！——（把信给高内丽看。）读读这封你亲手写的信吧；不要撕信，女人，你知道信里说了什么。

高内丽　我知道又怎么样？法律是我说了算，不是你说了算。谁也没有权审判我。（下。）

奥巴尼　真不要脸！——（对艾德芒）啊，你知道这封信吗？

艾德芒　你既然已经知道了，那又何必多问！

奥巴尼　（对士兵）跟着夫人去吧。她不要命了；不要让她胡来！（士兵下。）

艾德芒　你加给我的罪名，我全都干了，而且不只这些，还差得远呢：时间会告诉你真相的；不过这一切都过去了，我也就要过去。——

（对艾德卡）不过你是什么人？怎么运气比我还好？如果你也是名门子弟，我就是罪有应得了。

艾德卡　让我们谅解吧，艾德芒，我的血统高贵不在你之下，因为你的迫害，我反显得难能可贵了。（脱下头盔。）

我就是艾德卡，是你父亲的嫡子。老天是公平的，他寻花问柳生下了你这个孽障，报应就是他失去了两只眼睛。

艾德芒　你说得不错，的确，命运的车轮转了一圈，我也得到报应了。

奥巴尼　（对艾德卡）我看你走路的派头，怎能不高兴呢？如果我过去不喜欢你和你的父亲，那就让悔恨撕裂我的心吧！

艾德卡　高贵的主上，我了解你的心情。

奥巴尼　你一直藏在什么地方？你怎么会知道你父亲受到的苦难？

艾德卡　我把苦难隐藏在心头，主上，听我简单说吧。因为一提往事，啊，我的心就要爆裂了，为了逃脱紧追不舍的判刑，——啊，时时刻刻感到死亡的威胁，比突然一下离开人世更能感到生命的可贵。——我不得不换上一件疯子才穿的破衣烂衫，连狗看了都不屑发出吠声，就是这样的打扮我碰到了我的父亲，他血淋淋的眼睛已经失去了宝贵的眼珠，我不得不给他带路，为他乞讨，把他从绝望中挽救出来，但又决不在他面前暴露自己，——啊，错了！——直到半小时前，我披上盔甲，希望但是没有把握一定能取得胜利，求他为我祝福，我才从头到尾把我的经历都告诉了他；但是他破碎了的心灵太脆弱了，经受不起大悲大喜两种激烈的感情两面夹攻，突然爆裂，溘然一笑，就与世长辞了。

艾德芒　你的话真感动人，说不定对我也有好处；请你说下去吧；看来你还有更多的话要说呢。

奥巴尼　如果还有话讲，而且是更伤心的，那就不要讲了。听了你刚才说的，我已经差不多要用眼泪洗脸了。

（侍臣手拿血淋淋的刀上。）

侍　臣　救人，救人，啊，救人呀！

艾德卡　救什么人？

奥巴尼　快说！

艾德卡　你手上还拿着带血的刀，这是什么意思？

侍　臣　刀还是热的，在冒热气呢。是从她的胸口拔出来的，——啊，她已经死了。

奥巴尼　谁死了？你说呀？

侍　臣　夫人，公爵夫人，还有她的妹妹也给她毒死了，这是夫人亲口说的。

艾德芒　我和她们姐妹俩都有婚约，现在，我们三个马上又要结合了。

艾德卡　肯特来了。

（肯特上。）

奥巴尼　把她们抬出来吧，不管死了没死。

（高内丽和丽甘的尸体抬上。）

老天的审判公平，令人震惊，虽然并不引起怜悯。

（见肯特）啊，这是他吗？

（对肯特）时间不容许我们按老规矩说客气话了。

肯　特　我是来看看王上老主公的,他不在这里吗?

奥巴尼　我们都忘记大事了!说,艾德芒,王上在哪里?柯黛丽又在哪里?

（指着尸体。）肯特,你看见吗?

肯　特　哎呀,怎么会到这一步呢?

艾德芒　她们都爱上艾德芒了!为了我的缘故,姐姐毒死了妹妹,然后又自杀了。

奥巴尼　即使是这样,还是遮上她们的脸吧。

艾德芒　我喘不出气了,最后还想违背我的天性做件好事。快派人去——赶快!——进城堡去,因为我下了密令:要李尔和柯黛丽的命!快抓紧时间去!

奥巴尼　快跑,快跑,啊,快跑!

艾德卡　去找谁呀,主公?

（对艾德芒）谁管事呀?凭什么免死呢?

艾德芒　你想得周到,拿我的剑去找队长!

奥巴尼　（对侍臣）快去!救命要紧。

（侍臣下。）

艾德芒　队长得到你妻子和我的密令:要在监狱中吊死柯黛丽,反而说她是畏罪自杀的。

奥巴尼　天神保佑她吧！把他暂时抬出去。

（侍从抬艾德芒下。）

（李尔抱柯黛丽上。）

李　尔　怒吼吧，怒吼吧，怒吼吧！啊，你们这些铁石心肠的人，如果我有你们的舌头和眼睛，我就会怒吼，吼得天崩地裂的。她永远离开我了！我知道一个人是死了还是活着：她已经死得僵硬了。快拿一面镜子来，看她还有没有一口气把镜子沾湿，沾湿了就说明她还活着。

肯　特　这就是最后的结果吗？

艾德卡　还是恐怖的形象呢？

奥巴尼　天塌下来了，你的痛苦也到头了。

李　尔　这根羽毛在动：她还活着呢！要是这样，那一切痛苦悲哀都还可以挽回，我觉得就会这样。

肯　特　（跪下。）啊，我的好主公！

李　尔　请你走开吧。

艾德卡　这是支持你的肯特啊。

李　尔　让瘟疫降临到你们头上吧，凶手，奸贼，我

         本来可以救活她的；现在她一去不复返了。
         柯黛丽，柯黛丽，再待一会儿吧。哈？你说
         什么：——她的声音永远这样温柔和缓，低
         声下气，在女人是再好也没有的了。——我
         杀了那个吊死你的奴才。
侍　臣　的确，诸位大人，是他杀的。
李　尔　不是我吗，好家伙？我看到过胜利的日
         子，举起过我的快刀，本来会吓他一跳的，
         但是现在我老了，这些挫折更使我无能为
         力。——你是谁呀？我的眼力也大不如前了，
         不过我还可以立刻看得出来。
肯　特　如果命运见过两个她又爱又恨的人，那你我
         面前各有一个。
李　尔　可惜我看不清楚了。你不是肯特吗？
肯　特　正是你的仆人肯特。你的仆人卡尤斯呢？
李　尔　他是一把好手，这点我敢肯定，他动起手
         来很勤快，可惜他已经死了，恐怕骨头都
         烂了。
肯　特　没有，我的好主公，我就是卡尤斯。
李　尔　是这样吗？

肯　特　从你分封国土起，我就一直追随你不幸的足迹。

李　尔　欢迎你来这里。

肯　特　没有别人跟你，没有乐趣，一片黑暗，死气沉沉。你的两个大女儿自相残杀，都走上了绝路。

李　尔　唉，真是这样。

奥巴尼　他不知道自己说些什么，我告诉他也没有用。

（使者上。）

艾德卡　完全没用。

使　者　艾德芒死了，主公。

奥巴尼　那只是小事一场。王公大臣及朋友们，现在宣布我的安排：这场大乱应该有个善后，在我们的老王有生之年，我们应该把绝对统治权归还给他。——

（对艾德卡和肯特）你们二位要恢复爵位和权利，而你们的所作所为更为你们增光添彩，应该得到嘉奖。所有的朋友都该论功行赏，各有所得；所有的罪人都该受到惩罚，喝下罪恶的苦酒。啊，看哪！

李　尔　我可怜的宝贝也吊死了,没有,没有,没有生命了。为什么一只狗、一匹马、一只老鼠都可以活着,而你却没有了生命?你不能复活了!请你给我解开这个纽扣,谢谢你了,老兄,你看见没有?看看她,看她的嘴唇,看这儿,看这儿!(死。)

艾德卡　他昏迷过去了!主公,主公!

肯　特　我的心啊,破碎吧,四分五裂吧!

艾德卡　往上看,主公。

肯　特　不要磨缠他的灵魂了,让他安息吧!他不会喜欢留在这个苦难的世界上再忍受煎熬了。

艾德卡　他已经过去了。

肯　特　他活下来已经是个奇迹,是篡夺了生命的时间了。

奥巴尼　把他抬下去吧,我们现在要全国举哀。

　　　　(对肯特、艾德卡)你们两位和我同甘共苦,

　　　　　　　　　　一同治理这乱后的国土。

肯　特　　我前面要走的路还远,

　　　　　　主子在召唤,不能说不愿。

艾德卡　　我们要挑这苦难时代的重担,

不能想说就说，要说真情实感。

老一代人忍辱负重，我们年轻。

见识不多，但是不能辜负生命。

（在哀乐声中下。）

译 后 记

《卞之琳译文集》译者引言中说:《哈梦莱》地位最重要,《奥瑟罗》结构最谨严,《李尔王》气魄最宏伟,《马克白》动作最迅疾。说得不错,但是我要补充两点,那就是结构严谨的不只是《奥瑟罗》。《马克白》开始时三个女巫关于爵位和王位的预言;中间提出的三个警告:一要当心马达夫,二要提防森林移到战场,三要避开不是母亲生下来的对手;最后的结果是剖腹出生的马达夫带领树叶隐蔽的军队杀死了马克白。这个结构能够说不严谨吗?再说《李尔王》,国王把国土分给甜言蜜语的长女和次女,对实话实说的幼女却寸土不给。结果长女和次女都抛弃了他,而他所抛弃的幼女却以德报怨。最后两个迫害父王的女儿却为了一个乱臣贼子而自相残杀。这个结构能够说不严谨吗?

下面我们就来分析一些《李尔王》的台词，看看它有没有宏伟的气魄。先来听听第一幕第一场长女高内丽对李尔王的甜言蜜语：

> Sir, I love you more than word can wield the matter,
> Dearer than eyesight, space and liberty,
> Beyond what can be valued, rich or rare,
> No less than life, with grace, health, beauty, honor,
> As much as child e'er loved, or father found,
> A love that makes breath poor and speech unable,
> Beyond all manner of so much I love you.

（朱译）父亲，我对您的爱，不是言语所能表达的：我爱您胜过自己的眼睛、整个的空间和广大的自由；超越一切可以估价的贵重稀有的事物；不亚于赋有淑德、健康、美貌和荣誉的生命；不曾有一个儿女这样爱过他的父亲，也不曾有一个父亲这样被他的儿女所爱；这一种爱可以使唇舌无力，辩才失去效用；我爱您是不可以数量计算的。

朱译基本是对等翻译，"广大的自由""赋有淑德……的生命"似乎有点儿问题,"不曾有""也不曾有"显得啰嗦,"唇舌无力"反倒显得有力。

（卞译）大人，我爱你非语言所能形容，
　　　　胜过爱自己的眼珠、广阔的自由，
　　　　超过公认为宝贵、珍奇的一切，
　　　　不亚于幸运、健美、荣誉的生命，
　　　　儿女父亲，从不曾更爱，更见爱，
　　　　这种爱使唇舌无能，谈吐失灵。
　　　　我爱你超过任何这一类比拟。

卞译和原文形似，每行五个音步。基本是抑扬格，这点很不容易。但是朱译没有翻译好的地方，卞译也没翻好。"更爱，更见爱"倒很简练，但说法似乎有问题。至于气魄宏伟，那就更难说了。

（许译）没有什么言语说得出我对父亲的感情，也没有哪双眼睛看到过这样充溢时间和空间、出自内心、不受限制的热爱，没有什么财富可以衡量得出感情的轻重。生命有多少分量，感情也有多少，至于健康、美貌、道德、荣誉，那不过是生命的一部分,就更不在话下了。我对父亲的感情使吐露得出的语言都苍白无力了,怎么能够说得出来呢?

没有什么言语,没有哪双眼睛,没有什么财富,连用三个"没有",否定语气比肯定语气显得更加气魄宏伟。space包括时空,liberty从反面说成不受限制,value具体化为衡量,朱译和卞译的"不亚于",许译却从正面重复了"有多少"。with朱译为"赋有",卞译为"幸运、健美、荣誉的生命",似乎是把几个名词形容词化,我却觉得它们都是生命的一部分。究竟如何理解更好,就要看哪种译文更能使人知之、好之、乐之了。

《李尔王》第三幕第二场有李尔在暴风雨中的一段话:

Blow winds and crack your cheeks!

朱生豪的译文是:"吹吧,风啊!胀破了你的脸颊,猛烈地吹吧!"卞之琳的译文是:"吹啊,大风,吹裂你的脸颊!"原文是李尔对暴风雨说话,把暴风雨拟人化了。意思是要暴风雨吹得风的脸颊发裂。

这种拟人法常用化抽象为具体的写法，原文显得生动有力。但是朱译用了"胀破"二字，不太好懂，因为把风比作人，人吹气要鼓起脸颊，但不能说"胀破"，胀破了脸颊怎么吹？所以这里朱译不如卞译。卞译用了"吹裂"二字，意思是说，大风鼓起脸颊来吹，要吹得脸颊发裂。这比朱译更近情理，但也可能使人误解要吹裂人的脸颊。所以本书译成："狂风啊，鼓起你的脸颊，用尽你的力气来吹倒一切吧！"可能不致引起误解，又用词太多；还是有得有失。但是得多失少，还是失多得少呢？我看加词是"从心所欲"，是形式上的问题，如果内容上没有"逾矩"，那就还是得多于失的。用严复"信达雅"的标准来衡量，朱卞二译是否"信"或忠实于原文的内容，可以研究。是否达意？我觉得译者为了忠实于原文的形式，用"胀破"和"吹裂"来译crack一词，容易引起误解，而原文并不会引起这种误解的，所以译文并没有很好地传达原文的内容。当内容和形式有矛盾的时候，内容是主要的，形式是次要的。新译在形式上加了词，这是"从心所欲"，但并不"逾矩"，反比朱卞二译更能传达原文的内容，所以更合乎"信达"的标准。

李尔王接着说：

Rage, blow, you cataractes and hurricanoes,
Spout till you have drenched our steeples, drown the cocks!

朱译是："你，瀑布一样的倾盆大雨，尽管倒泻下来，淹没了我们的尖塔，淹沉了屋顶上的风标吧！"卞译是："发作啊！吹啊！激流和狂飙，喷出来，泡透教堂的尖顶，淹没风信鸡！"莎士比亚原文用了两个更具体的词，进一步来加深风暴的力量，那就是"咔哒咔哒的瀑布和急促呼啸的风雨"，这又体现了莎士比亚用词的力量。朱译用"瀑布一样的倾盆大雨"，译出了莎氏的风格，只是原文还有形声的部分"咔哒咔哒"，译文就不能和原文比美了。卞译用了"激流和狂飙"，也是达意的译文，但以形象化而论，就不如朱译了。莎氏用了三个动词，意思是：怒吼，狂吹，喷涌；朱译三个动词的译文是"倒泻下来"，"淹没"，"淹沉"，但"怒吼"可用于人，可用于动物，用在这里，可以有拟人化的用意，力量更大。卞译用了"发作"一词，可以拟人，但是力量又嫌不足。卞译"泡透"不如朱译，"教堂的尖顶"却比"我们的尖塔"更具体，更形象化。"喷出来……淹没风信鸡"也比朱译更加形象具体。本书参考朱译卞译后的译文是："暴雨啊，喷出你如帘的瀑布来淹没教堂的尖顶，淹死屋顶上的风信鸡吧！"如帘的瀑布把咔哒的音美转化为如帘的形象美，"风信鸡"用"淹死"就是拟人化又还魂了。

莎士比亚又进一步用更具体的文字形容风暴说：

You sulphurous and thought-executing fires,
Vaunt-couriers of oak-cleaving thunderbolt
Singe my white head !

朱译是："你思想一样迅速的硫磺的电火，劈碎橡树的巨雷的先驱，烧焦了我的白发的头颅吧！"卞译是："快得像一转念那样的硫磺烈火，劈开橡树的万钧雷霆的报信使，烧我的白头吧！"朱译用"思想一样迅速"来形容电光，用得不错；卞译说"快得像一转念",显得更加精确,但是两译都根据字面直译"硫磺的电火"或"硫磺烈火",不太好懂,这时就要从字面进入到现实情景了。李尔王看到的闪电会像硫磺烈火吗?我想象不出,我能看到的只是万丈磷光。两种译文还用了"先驱"和"报信使"二词,都算不错,但原文还用了vaunt一词,是夸张的意思,虽然这词和法文的avant混用成了"前驱",但是根据莎氏用词具体的风格,这里不排斥把电光比作夸张浩荡声势的先锋。写电光后,莎氏接着描写雷声,朱译是"劈碎橡树的巨雷",卞译是"劈开橡树的万钧雷霆",卞译显得比朱译更加有力。最后singe一词是"烧焦"的意思,朱译用了"白发"二字比卞译"白头"更形象具体,使人如见燎原烈火像烧野草枯叶一般烧焦了满头的白发,白发和枯草的联系就比白头更紧密了。本书在朱卞二译的基础上,把这句译成:"发出万丈磷光、比瞬息万变的思想还迅速的闪电,劈开参天橡树的万钧雷霆的开路先锋,像燎原的烈火一样烧焦我满头的白发枯草吧!"

莎士比亚把电比作雷的开路先锋之后,接着就写雷了：

> And thou, all-shaking thunder,
> Strike flat the thick rotundity o'th'world!

朱译是："你震撼一切的霹雳啊，把这生殖繁密的饱满的地球击平了吧！"卞译是："震撼一切的天雷，把这个世界的圆鼓鼓的肚皮打扁吧！"朱译文绉绉的，不如卞译口语化，可上舞台。但是卞译也不一致，有时文言，有时口语。原书也有这个问题：rotundity 就和全句并不协调。所以本书改成：

"惊天动地的雷电，把这个高低不平的地球压平吧！"

李尔这段暴风雨的台词最后说：

> Crack nature's moulds, all germens spill at once
> That make ungrateful man!

朱译："打碎造物的模型。不要让一颗忘恩负义的人类的种子遗留在世上！"卞译："砸烂造物的模子。

除根绝种,再也生不出负心的人类!"第一个动词朱译为"打碎",不如卞译"砸烂"力量更大,最好二译合并为"砸烂砸碎",那就力量更大了。"造物的模型"比"模子"好,"模子"更口语化,但容易引起误解,以为"造物"是形容"模子"的,所以不如改为"造物主"或"大自然"。最后,李尔要消灭的是负心人,不是"负心的人类"。所以本书改成:"砸烂砸碎大自然铸造的忘恩负义的人型吧!"改动前人不当之处,后人还可以再改进,这样世界文化就进步了。